異世界で、もふもふライフ始めました。

黒辺あゆみ

Ayumi Kurobe

Regina

RB

レジーナ文庫

登場人物紹介
ジョルト
傭兵を生業《なりわい》としている、白虎の獣人。
強い希少種のため、よく女性から
結婚相手に望まれるが、本人は
うんざりしている。だが、ミキとの旅の途中、
とあるハプニングによって
彼女を嫁にすることに……!?
ミキ(加納美紀《かのうみき》)
失恋キャンプ中、突然異世界に
トリップしてしまった、25歳。
華やかな見た目から周囲に誤解され
やすいが、中身はいたって地味。
マッサージが得意。
白虎
ジョルトの獣体。

黒兎
黒い兎族の男性。ミキに興味があるようで、彼女の周辺で怪しい動きをしている。
モネット
美しい猫族の令嬢。ジョルトを夫にと狙っている。
アニエス
服飾店を営む、豹族の女性。サバサバしている、ミキの頼れる友人。
ハンナ
兎族の獣人で、力のある呪術師。人懐っこい性格で、ミキともすぐ友達になる。

目次

異世界で、もふもふライフ始めました。

第一章　気を付けよう、キャンプ中の川の増水

夜、とあるアパートの一室にて。

「……馬鹿だ、ほんっとうに反省しない馬鹿だ、私って。こうなるって分かっていたじゃないの」

大泣きしながらぶつくさ文句を言っている女の名前は、加納美紀《かのうみき》。大手商社に勤めるOLだが、それも今日までの話。

今朝、出社してすぐに退職願いを出し、ついでに残った有給休暇もブン捕った後、会社を飛び出したのだ。

何故美紀が退職することにしたのか——それはつい一週間前まで付き合っていた男が原因だった。

彼は同期入社の営業マンで、営業事務をしていた美紀とは共に仕事をする関係だった。やがて二人の仲は、プライベートで親密な付き合いをするまでに発展。恋人として三年

付き合い、そろそろ結婚も視野に入れていたのだが――

『俺、美紀と別れてこの娘《こ》と付き合うことにしたから』

彼に突然こう宣告され、紹介されたのは美紀が指導していた後輩だった。

『ごめんなさい、先輩。いけないことだと分かっていたんですけど、先輩のことで相談に乗っているうちに……』

後輩は彼の背中に隠れてフルフルと震えながら、しかし目元はニンマリと笑っていた。

そんな後輩の様子に気付かない彼は、力強く彼女を抱きしめる。

『お前は悪くない。ただ俺が、美紀のことを信用できなくなっただけだ』

『違うの、好きになった私が悪いの』

『いいや、何度でも言う。お前は悪くない』

目の前で二人の世界を繰り広げられ、美紀は次第に怒りを突き抜けて虚《むな》しくなる。

『もう勝手にすれば？』

抱き合う二人にそれだけ言い残し、その場を去った。

美紀の破局のニュースは、その日のうちに社内を駆け巡った。社内のどこへ顔を出しても、興味本位の噂話に晒《さら》される。噂の内容は、美紀が恋人と上手くいっていない八つ当たりに、後輩を苛《いじ》めていたというものだった。

噂の出所はあの後輩だ。あろうことか、彼女は以前から美紀を嫌っていた女子社員達にその話を持っていった。そして、格好のネタを掴んだ女子社員達は、『酷い女である美紀に正義の鉄拳を』という名目で嫌がらせを開始する。

資料を隠したり、頼んだ仕事を聞いていないと突っぱねたりと、美紀の業務に支障の出る陰険な嫌がらせばかりだった。それでも仕事は仕事だと必死にこなしている美紀の横を、後輩と元恋人が腕を組んで楽しそうに帰っていく。

そんなことを続けて一週間、謂《いわ》れのない仕事の妨害行為にとうとう我慢ができなくなり、美紀は退職願いを出したのだった。

上司は『引き継ぎはどうするんだ!?』と怒鳴っていたが、それに関しても抜かりはない。いつ堪忍袋の緒が切れてもいいように、完璧な引き継ぎ書類を作成してある。仮に足りない部分があっても、きっと後任となる後輩に、親切な男性社員が手取り足取りの付きっ切りで教えてくれるだろう。

他人には『恋愛問題ごときで仕事を辞めるなんて!』と言われたが、ならばあの状況をアンタが味わってみろと言いたい。美紀はあんな針の筵《むしろ》に座るような思いをしてまで、続けたくはなかった。元々、今の仕事は向いていないかもしれないと悩んでいたので、これを機に辞めることに躊躇《ためら》いなどない。

　こうして会社を辞めた美紀はコンビニで酒とツマミを購入して自宅アパートに帰り、一人でヤケ酒を飲んでいる。

「あー、また失恋、しかも略奪されての失恋。懲《こ》りないなぁ、私って」

　全てを捨てて一人になると、またフラれた怒りと悲しみが込み上げてくる。

　泣きすぎて腫《は》れぼったくなっている目元を乱暴に拭《ぬぐ》い、魂まで抜けてしまうかのような深いため息を吐く。

　先ほどまでの美紀はシクシクなんて可愛いものじゃなく、ダバダバという勢いで涙を流していた。思い返せば、恋人を盗《と》られるのはこれが初めてではない。中学の頃からいつも、恋人ができては誰かに奪われることの繰り返しだった。

　気持ちが離れる理由だっていつも一緒。

『君は俺が思っていたのと違っていて、なにを考えているのか分からなくなった』

　そう言われる原因は、恐らく美紀の見た目と内面のギャップだ。

　美紀は自分で言うのもなんだが、目鼻立ちが華やかな美人顔で、スタイルもモデル並みによい。色々な男性に告白されていたせいで、恋愛面でも派手なのだろうと思われ、『男を侍《はべ》らすハーレム女』とまで噂されていた。

　だが、美紀の内面はとても地味だ。休日は一人で家に籠《こも》って本を読んだりネットを見たりするのが好き。服だって仕事着とパジャマがあればよくて、あまりお洒落《しゃれ》に気を使うのは好きじゃない。

この内面が見た目に合わないと気付いたのは、中学生の時。この頃にはすでに容姿で目立っていた美紀は、集団の中心にいることが多かった。『なんでもデキる女』だと思われ、教師やクラスメイトからリーダーシップを発揮することを期待される。

美紀は周りの期待に応《こた》えようと、見た目に合った振る舞いをした。

だがそれは所詮嘘の自分。

級長に推薦されても上手く立ち回れず、お洒落《しゃれ》な女子達のグループに誘われても溶け込めない。

『加納は思っていたのと違うな』

すぐに周りからそう言われるようになった。

それが苦痛で、また嘘の自分を演じ始める。今までその繰り返しだった。

たった一人だけでもいいから本当の自分を分かってくれる人が欲しいと、恋人を作ったりもした。しかし彼らも最後に周りと同じことを言い、見た目と中身が一致する（ように見える）女子に奪われるのだ。

仕事のことだってそう。美紀は本当は、マッサージ師になりたかった。

学生時代にマッサージにハマり、色々な関連本を買い漁《あさ》って試したり、有名なマッサージ師の講習会に参加したりした。

本気でマッサージ師になりたいと思った美紀が両親にそれを告げると、彼らは冗談を言うなと一笑に付した。

『それは大学を出てまでする仕事ではないだろう』

あの頃の両親は周囲同様に、美紀は人の先頭に立つタイプだと思っていたらしい。そして仕事もリーダーシップを発揮するものを望んでいた。

『マッサージ師を目指すというのなら、学費や仕送り代を全て返せ』と理不尽なことを父に言われ、大喧嘩をしたのだ。

それ以来家に帰らず、アルバイトとしてマッサージ店に勤めた美紀だったが、すぐに夢を追う難しさを知ることになった。

正式にマッサージ師になるには、資格を取るための学校に行く必要がある。しかし、お金を稼ぎながら学校で勉強するのは体力的にも金銭的にも厳しく、挫折する者も多い。

結局、美紀も夢を追うことを諦め、大学卒業後は無難な会社勤めにおさまってしまった。

このように、美紀は外見のイメージと本来の自分とのギャップに悩んでばかりの人生だった。

今回も、『この人なら……』と思って付き合ったが、結果はご覧の通りである。

「でももう、今度こそこんな恋をやめる！　自分に嘘をつかないわ！」

美紀はそう決意して、泣くのをやめた。そして失恋後の恒例行事——気分転換のキャンプに行くため、リュックに荷物を詰めていく。

この失恋キャンプは、大学時代に雑誌の特集に影響されて始めた。一人だと家に籠《こも》りがちな美紀は、自然の中で気持ちが洗われるような体験をし、それ以来癖になったのだ。

今時のキャンプ場は、テントからバーベキューまで準備万端に整えてくれるという親切仕様になっている。また、今回行くのはこれまでに何度も行ったことのある慣れた場所であり、危険だなんて考えもしなかった。

この認識が、間違いの始まりだとも知らずに。

翌朝、リュックを背負った美紀は電車に乗った。最寄り駅からの送迎バスに乗ればキャンプ場はすぐだ。

昨日のうちに予約を入れていたので、すんなりとテントへ入ることができた。最近は立派なテントにベッドが用意されているプランもあるが、美紀は昔ながらのテントで寝袋を使うスタイルが気に入っている。

先日までずっと続いていた雨が嘘のような晴天になり、美紀の心も晴れ渡るようだ。

「やっぱり、来てよかった」

キャンプ場が用意してくれた昼食を食べた美紀は、近くを散策しようと思い立つ。ちょっとの時間なので、荷物を置いて身軽な状態で出かけることにした。

「雨で川が増水してますので、近付かないでくださいね」

そんな係員の注意に軽く頷き、遊歩道へ向かった。

キャンプ場近くの遊歩道は綺麗に整備されているが、奥に行くと自然のままになっている。美紀は奥の方が自然を感じられて好きだ。

遊歩道に沿って川が流れているのだが、進むにつれて水音がはげしくなってくる。木々の隙間から見える川の流れが荒々しい。

この時ちょっとした好奇心が湧いて、美紀は川岸に近付いてみることにした。所々『危険！』という札が下がったロープが張られているが、少し川の流れを見たらすぐに戻るから危ないことなんてない――そんな軽い気持ちで。

「うわぁ、すごい水の流れ」

ドドド、と音を立てて流れる水に、美紀は感心する。

その時――

ドォオン！

川上の方で音がした。

——なに……？

音の原因を探ろうと川上を仰ぐと、こちらへ押し寄せる鉄砲水《てっぽうみず》が見える。

「……っ!!」

美紀は悲鳴すら上げられず鉄砲水《てっぽうみず》に流され、そのまま意識を失った。


美紀が薄《うっす》らと目を開くと、木目調の天井が視界に入った。

——私、どうしたんだっけ……。確かキャンプに行って、散策して、鉄砲水《てっぽうみず》にあって……

「そうか、流されたんだ」

今こうしているということは、どうやら鉄砲水《てっぽうみず》に巻き込まれつつも命は助かったらしい。

首を動かして周りを見ると、自分がいるのは木目調の壁に囲まれた部屋だった。家具は寝かせられているダブルサイズのベッド以外にはなく、簡素な印象を受ける。ここはキャンプ場の施設の一つだろうか。

現状の確認ができると、美紀の口から自然とため息が漏れた。

――馬鹿だなぁ、私。

係員に注意されたし、『危険！』という札もあったのに、スルーして興味本位に動いた結果がこれだ。

何度か一人でキャンプをして、山を知った気でいたのかもしれない。こんな軽はずみなところが、『思っていたのと違う』と言われる要因の一つだ。

とりあえずベッドから身を起こそうとすると、身体のあちらこちらが痛む。流される時、恐らく岩に当たったのだろう。それでもなんとか起き上がると、何故か上半身は裸で、かろうじてパンツだけ穿《は》いていた。

――え、なんで裸？

助けてくれた人が脱がしたのか。もしかしたら、流されている間に服が駄目になってしまったのかもしれないと思った、その時。

ガタン！

タイミングよくドアが開く。慌てて布団を手繰《たぐ》り寄せてそちらを見た美紀だったが――

「グルルルル！」

現れたのは、黄色い毛に黒の縞《しま》模様の大型猫科動物。

そう、虎だった。

――なんで虎が⁉

驚きのあまり悲鳴すら出ない。そうしている間に虎はのっしのっしと歩いてきて、ベッドに前足を載せた。

「……っきゃーー‼」

美紀は今度こそ、けたたましい悲鳴を上げた。

「グウッ⁉」

その声に驚いたのか、虎が慌ててドアから逃げていく。

――警察に通報しなきゃ……！　でも、スマホは置いてきたし……！

パニックになるあまり美紀が心臓をバクバクさせていると、再びドアが開く。今度現れたのは三十代後半くらいの背の高い女性だった。浅黒い肌に金の癖毛を背中まで流し、緑の瞳をしている。服装はカラフルな布を胸から巻き付けるような格好で、どこかの民族衣装っぽい。

美紀は彼女に虎がいたことを訴えようとして、固まる。

――キャンプ場に、外国人？

一瞬そう思ったが、どう見てもキャンプをする格好ではない。そしてキャンプ場に虎はいないはず。本当にここはキャンプ場なのか、そうでないとしたら今自分はどこにいるのかと、とてつもない不安に襲われた。

「あの、ここってキャンプ場ですよね？」

恐る恐る尋ねる美紀に、彼女は困った顔をした。

「※※※※？」

「……え？」

彼女が何事か尋ねてきたが、話す言葉が分からない。

「※※※※？」

続けて質問されたようだが、やはり理解できない。今まで一度も聞いたことがない言語だった。

どういうことかと眉をひそめた次の瞬間、美紀の視界を奇妙なものが横切った。それは黄色地に黒の縞《しま》模様が入った細長い棒状の物体で、先ほど部屋に入ってきた女性の腰のあたりでユラユラと揺れている。

――虎の、尻尾？

驚き固まる美紀を、彼女がしゃがんで心配そうに覗き込む。すると、今度は彼女の頭の上に丸くて黄色い毛並みの耳を見つけた。

——え、なに、どういうこと？

理解が追い付かずに呆然とする美紀を、彼女はそのままにして部屋から出ていった。

彼女が去った後、美紀はしばらくぼうっとしていたが、疲れていたのか、いつの間にか寝てしまっていた。

そして次に目が覚めた時、美紀は状況を確認するべく、勇気を出して部屋から出た。

「……なによ、このジャングル」

外はキャンプ場ではなかった。山というよりも密林を切り開いた土地に、簡素な小屋のような家がポツポツと建っているだけの集落といった感じだ。

住人は皆、布を身体に巻き付ける格好をしており、昨日の女性と同じく背が高い。日本人女性としては高身長である美紀が、まるで子供サイズだ。それに、皆が皆、虎の耳と尻尾をつけている。

そして住人に交じって、大きな虎が我が物顔で歩いていた。それも一匹ではなく複数だ。もしかして人よりも虎の方が多いかもしれない。

——どういうことよ、誰か教えてよ。

外を見てさらにショックを受けた美紀は、元の部屋に戻る。本当に戻ってもいい場所なのか分からないが、今のところ居場所がそこしかないのだ。

中に戻る際、家のドアが全部カウンター扉のように開け閉め自由な造りになっていることに気付く。もしかして、虎の出入りのためだろうか。

改めて、ここは自分の知る場所ではないのだと思い知らされる。

「……私、一体どこにいるんだろう」

美紀は深いため息を吐いた。

それから二日くらい、美紀は虎がうろつく外が怖くて、部屋に閉じこもりっきりだった。その間、食事を持ってきてくれたのは、最初に見たあの女性だ。

元々着ていた服は駄目になったわけではなく、洗濯して綺麗な状態で返してくれた。しかし、それ一着しか服がないので、着替えとして大きな布を貰い、集落の女性に倣《なら》って胸の上で巻いて留める。

美紀は現在の状況が分からなくとも、彼女に保護されているらしいということは理解できた。

「あの、ありがとうございます」

気持ちだけでも伝わればと思い礼を言うと、彼女はニコリと笑う。

「※※※、アルザ※※」

なにを喋《しゃべ》っているのかさっぱり分からないが、彼女自身を指しながら言っている単語だけは聞き取れた。彼女はアルザというらしい。

「あの、私は加納美紀、美紀です！」

美紀という名前を繰り返すと、アルザは「ミキ、ミキ」と何度か言い直していた。どうやら呼びにくいらしい。

美紀はその後も数日閉じこもっていたのだが、様子を窺《うかが》っているうちに、虎が住人を襲わないことを理解した。住人は虎と家族のように親しげに接している。ただ、それが分かったとしても、美紀にとって虎は大きくて怖いのだが。

——でもいいかげん、外に出るべきよね。

保護してもらっている身で、閉じこもってばかりでは迷惑だろう。そう思いつつも、どこなのかも分からない外に出るのは勇気がいる。

「……はぁ」

口から自然と深いため息が漏れる。言葉が分からない上に、外には虎がたくさんいる場所で、美紀は心細くなっていた。

——父さんや母さん、どうしてるかな？

ふいにそんな思いが浮かぶ。

マッサージ師になることを反対されたのをきっかけに疎遠になっていた両親とは、会社に就職してからも連絡を取っていない。キャンプに行くという話も、当然していない。けれど、もうそろそろ行方不明になった美紀のことが伝わっているだろう。

心配しているに違いない両親を思い、美紀はほろ苦い気持ちになる。

「……私って親不孝だな」

自慢の娘になれず、喧嘩別れをしたまま、こうして異郷の地に来てしまって心配をかけている。疎遠になっていた両親だが、やはり忘れることなんてできないのだと、しみじみ思った。

ホームシックに陥《おちい》った美紀はベッドに横になり、グズグズと涙を零《こぼ》す。すると今までの悲しかった場面が次々と思い浮かんでしまい、やがて大きな声を上げて子供みたいに泣いたのだった。

そして翌朝。

「……顔が痛い」

美紀は腫《は》れぼったい顔で起きた。だがそれとは裏腹に、心は晴れ晴れとしている。失恋であれだけ泣いたというのに、まだ泣き足りなかったらしい。

――いや、今までは悲しくて泣いてたんじゃなかったのかも。

失恋の涙はどちらかというと略奪愛への悔し涙で、悲しいというより、怒りの気持ちが強かった。

怒ることで前を向けるという人もいるかもしれないが、美紀の場合は怒っても後に残るのは虚《むな》しさだけ。だから、泣いても泣いても苦しみばかりが募《つの》っていった。

けれど昨日の涙はただひたすらに悲しい気持ちで流したもの。悲劇のヒロイン気分で、あれもこれも悲しかったとワンワン泣いた。涙と一緒にその気持ちも流れていったから、泣いてすっきりしたのだろう。

気分が変わった美紀は、部屋に閉じこもるのをやめた。いつまでもこうしてはいられないと、やっと踏ん切りがついたのだ。

「よし、ちゃんと外に出よう」

外に出て改めて集落を観察すると、密林を切り開いているというよりも、偶然開《ひら》けていた場所を上手く使って集落を作ったという方が正しいようだ。生えている木をそのまま残して家を建ててあるので、人工的な雰囲気がほとんどない。

あえて言うならば川から水路を引いている点だが、それも近くに木を移植させることで上手く自然に溶け込ませている。

集落のあちらこちらに大きな池があり、そこで虎達が水浴びしていた。ここの気候はじっとしていても汗をかくくらいだから、水浴びはさぞ気持ちいいだろう。

そんなことを考えながらぼうっと見ていると、美紀を珍しがった虎があちらこちらから寄ってくる。

「いや、来なくていいから！　水浴びしてていいから！」

手を振りまわしながら後ずさるも、虎の集団に囲まれてしまう。

「グルル」

「グル？」

「ギャーウ」

虎達がまるで会話するかのように鳴き合う。『ちょっと味見してみるか？』とか話し合っていたらどうしようと、美紀は顔が青くなる。

「※※※※！」

その時、離れた場所から誰かが声をかけた。すると虎達はパッと散っていく。

――ああ、ドキドキした！

虎から解放された美紀は、アルザを探す。彼女は集落の真ん中にある調理場で、他の住人達と一緒に食事を作っていた。

「おはようございます！」

そう挨拶をすると、アルザは腫《は》れて酷い顔をしている美紀に一瞬驚いた顔をしたものの、すぐに笑って挨拶らしき言葉を返してきた。

「あの、なにか手伝います！」

美紀は言葉が通じないなら行動で示そうと、横に積んであった汚れた鍋や皿を持つ。

「洗ってきますね！」

そう言って指さした先には、水路で洗い物をしている住人達の姿がある。きっとあそこで洗えばいいのだろう。

「※※※※！」

アルザがニコリと笑って手を振ったので、『よろしくね』とでも言われたのかもしれない。美紀もそれに笑顔を返して、水路に沿って座る住人達に交じる。

水路で洗い物なんて原始的な行為だが、日本でだって一昔前まで似たような状態だったと聞く。そう思えば少しだけ引けていた腰も据わるというものだ。

洗剤もないので水だけで洗うのかと思って周りを見ていたら、隣に座る女性から掌《てのひら》サイズの葉っぱを渡された。そして彼女がするようにそれで皿をなぞると、ヌルヌルとした液体が付着して、汚れが綺麗に落ちる。

「すごい、洗剤の葉っぱなのね！」

葉っぱ一枚に感心する美紀に、周囲の者達が笑い声を上げる。そして、水路沿いに植えてある木を指さした。どうやらあの木の葉っぱらしい。洗剤の葉っぱを水路に沿って植えてあるとは、なかなか合理的に考えられている。

洗い物を終えて戻ると、丁度朝食が出来上がっていた。

メニューは硬くて薄い円盤状のパンらしきものと、肉と豆の煮込み料理。肉はなんと蛇肉だ。美紀は今まで出来上がった料理しか見ていなかったせいで、ずっと鶏肉だと思っていた。材料を見た瞬間はギョッとしてしまったが、もう食べているものだから気にしないことにする。

ここは家畜などはいないようで、乳製品や卵も見ない。確かにこれだけ虎を放していれば、家畜も怖がって逃げ出すだろう。

ちなみに酒やお茶はあった。これらの嗜好品《しこうひん》があるということは、あえて素朴な生活をしているだけで、住人達の文化水準はそれなりなのかもしれない。

美紀は今まで食事を部屋で食べていたが、今日はアルザや他の住人と一緒に外で食べることにした。皆思い思いに地面に座り、木の器《うつわ》に好きなだけ料理を盛っていく。

美紀も料理を盛ったら、隣の女性にしかめ面《つら》で追加された。量が少ないと思われたのだろうが、住人とは体格の違う美紀では、同じ量を食べられない。

食事をしながら見渡せば、他の場所でも所々に集まって食事しているのが見える。たぶんこれが普通の食事風景で、天気が悪い時にだけ屋内で食べるのかもしれない。

――風が気持ちいい。もっと早く出てみればよかった。

こんな大勢で食事をするのは、いつぶりだろうか。周囲の会話は分からなかったが、美紀はこの雰囲気を楽しんでいた。

食事が終わると、食べ終えた皿と一緒に、借り物の着替えも洗濯することにした。洗濯は食事の油汚れを避けるため、別の水路でするようだが、洗剤は同じ葉っぱだ。

その後も美紀はアルザと身振り手振りで交流を図り、ちょっとした家事手伝いをした。

そうして外を歩いていると、虎の子が周りをウロウロしているのが見えた。

――可愛いなぁ……

動物の子供というのは、どうしてこうも愛らしいのか。抱き上げてお腹の毛を撫でたり肉球を触ってみたい気がするが、いかんせんその周りにいる大人の虎が怖い。あの虎達に慣れる時は、果たして来るのだろうか？

それから数日が経った。

美紀はアルザ達の手伝いをしているうちに、次第に住民達と打ち解けてきた。

なにせアルザをはじめとした皆が、言葉の通じない美紀を子供のように扱うのだ。

美紀も子供扱いに甘えて、なにをするにも皆を頼る。これが美紀に大きな安心感を与えていた。


――思えばこんなに誰かに甘えるなんて、いつぶりかな……

美紀は子供の頃から、周囲の面倒を率先して見る立場に置かれていた。美紀の世話を焼いてくれる人はおらず、両親にすらも『自分でできるだろう』と放置された記憶しかない。

失恋して、キャンプで鉄砲水《てっぽうみず》にあって、言葉の通じない土地に流されて――踏んだり蹴ったりな状況だが、この安心感を得られた点はいいことのような気がする。

「もっと早く、こうして飛び出せばよかったのかも……」

誰も自分を知らない土地へ行けば、こんな解放感が待っていたのだろうか。けれど美紀には、そんな冒険をする勇気がなかった。今は成り行きでここにいるが、自発的な行動で同じ状況に到達できるかは、甚《はなは》だ怪しい。

こうしてのびのびと暮らす一方で、やはり原始的な生活は苦労もたくさんある。火をつけるのは火打石で、水は川から汲む、そして食糧を得るのは基本狩りだ。

便利な電化製品に囲まれて生きてきた美紀にとっては、蛇口から水が出て、スイッチ一つで火がつく生活が恋しい。スーパーやコンビニでお菓子や総菜を買いたいとも思う。

――文明的な生活がしたい、なにより水浴びじゃなくてお風呂に入りたい！

そう、この集落には風呂がないのである。風呂好きの身には、辛い環境だ。

とはいえ、文明的に劣っているから風呂がない、というわけではないようだ。むしろここでの暮らしの至るところで、文明を感じさせるものを見る。酒やお茶以外で言うと、女性が精巧な装飾品を身につけているのだ。もしかすると近くに、それなりに栄えた街があるのかもしれない。その街へ行けば、日本への帰り方が分かるだろうか？

美紀はそんな希望を抱くものの、現実は言葉が通じず、ここがどこなのかすら分からない。集落から一歩外に出ればジャングルの中で、安易に飛び出す気にもなれなかった。

大体、あのキャンプ場近くの川で流されて、どうやったらこんなジャングルに流れ着くというのか。住人が虎の耳と尻尾の飾りをつけている理由だって、宗教的なものだろうと思いつつも、本当のところは分からない。

美紀にとっては謎ばかりのまま、気が付けば半月が経っていた。


ある日、朝食を終えて川辺でのんびりとしていると、どこからか騒ぎ声が聞こえてきた。

「※※※※！」

「※※※※？」

何事かと美紀が様子を窺《うかが》っていると、集落の入り口に人も虎も集まっているのが見えた。

——なにかあったのかしら？

美紀も集まりに近寄ってみたものの、背が高い住人達はさながら巨人の壁だ。それでもなんとか前を覗き見ようと隙間を探していると、美紀に気付いた隣の人から何故か集団の前に連れていかれる。

——え、なになに？

突然前に出されて慌てる美紀の目の前に、二人の人物が立った。

短い白髪に褐色の肌をした長身の男性と、薄茶色のショートボブヘアに白い肌の小柄な女性だ。男性は三十歳前後、女性は美紀と同じくらいの年齢に見える。二人はこの集落の住人とは違い、洋服を身につけていた。どうやら集落の外から来た人間のようだ。

さらに気になるのは、男性には白くて丸い耳と、白に黒の縞《しま》模様の細長い尻尾がついており、女性にはピーンと立つ細長くてモフモフした薄茶色の耳がついていることである。

——男の人は白い虎、女の人は兎？

ケモ耳と尻尾をつけるのは、この集落独特の文化ではないらしい。

二人の方も、美紀を観察している。

「※※※※？」

二人で何事か話し合った後、兎の女性がトコトコとこちらに近付いてくる。

「え、え、なんですか？」

思わず後ずさった美紀に対して、兎の女性は気にせず距離を詰めてくる。

「※※※※」

そして小さく呟《つぶや》いた後、美紀の額《ひたい》に手を触れる。

途端に、身体を熱いなにかが通り抜けた。

すると、次の瞬間——

「私の言っていること、分かるかな～？」

「……っ分かります！」

突然美紀の耳に、兎の女性の声で日本語が聞こえてきた。

「おお、言葉が分かるぞ！」

「本当だ」

「よかったよかった！」

さらに不思議なことに、住人の声も日本語で聞こえる。

「皆さん、日本語が喋《しゃべ》れるんですか⁉」

だとしたら、今まで会話が通じないのはなんだったのか。驚く美紀に、兎の女性が首を傾げた。

「ニホンゴ、っていうのがアナタの国の言語なのかぁ。私は呪術師のハンナ。呪術で言葉を繋いだだけだよ〜」

ハンナが間延びした言い方で説明する。

――ジュジュツシ、ってなによ？

それはもしや、呪術師のことだろうか。そして呪術でお互いの言葉が分かるようにしたと。そんなの、まるでおとぎ話みたいだ。

「ハンナ、言葉は通じているのか？」

美紀が混乱しているところに、白虎の男性が割って入った。

「ジョルト、もういいよ〜」

それにハンナがホワンと頷く。

「少し事情を聞きたいのだが。俺はこの里の者からの依頼で、言の葉《ことは》の術を使う呪術師を連れてきた。アンタ一人か？　こんな秘境にどこから来たんだ？」

「ど、どこからって……」

白虎の男性――ジョルトに尋ねられたものの、美紀は答えることができない。

ジョルトはここが秘境だと告げた。そんな場所に、日本の川から流されてたどり着くなんてあり得ない。

謎だというところで止まっていた思考が、言葉が通じた途端に動き出す。

――私は今、どこにいるの？

この疑問の答えを導き出すのが恐ろしくなり、美紀の身体が知らずに震える。

すると、ジロジロと美紀を眺めていたジョルトが口を開いた。

「どこの種族か分からないという話だったが、本当に分からないな」

「だねぇ、耳も尻尾もないとか、不思議だね～」

ジョルトとハンナの会話に、美紀の口から混乱と緊張で短い吐息が漏れる。種族とか、今までの人生で尋ねられたことのない質問だ。

「強《し》いて言うなら人間じゃないですかね？」

この発言は、美紀としては自身の気持ちを和《やわ》らげるために口にした、当たり前の事実だったのだが――

ザワッ！

何故か周囲がどよめいた。

「人間!?」

「人間だって？」

「うそ、本当にいたんだ」

「初めて見たよ」

「ガルルル！」

集落の住人どころか、虎まで驚いている。

――な、なんでこんな反応なの？

戸惑う美紀に、ジョルトが難しい顔をした。

「人間だと？　東の果ての人間保護区で暮らしているという噂を聞いたことはあるが、俺も本物は初めて見た。アクシデントかなにかで、保護区から出てしまったのか？」

「え～、人間って絶滅危惧種でしょう？　そんなヌルい管理なの～？」

「現実にここにいるんだから、それしか考えられないだろうが」

ジョルトとハンナの会話に、美紀は衝撃を受ける。

——人間保護区ってなに？　絶滅危惧種、人間が？

意味は分かるが理解ができない言葉の羅列《られつ》に、美紀は頭が真っ白になる。

「あの……皆さんも、人間ですよね？」

恐々《こわごわ》と尋ねる美紀に、ジョルトが鋭い目を向けた。

「なにを言っている、見れば分かるだろう。俺達は獣人だ。俺やここの住人は虎の獣人、ハンナは兎の獣人だな」

——ジュウジン、ってもしかして獣人のこと？

呪術師に続いて、なんと非現実的な言葉だろうか。

説明に首を傾げる美紀を見て、ジョルトが「まるで幼子だな」と眉をひそめる。

すると、ハンナがニパッと笑って耳を動かす。

「おっきな耳は兎人《とじん》の証《あかし》！」

美紀は住人の尻尾が揺れ動くところを見るたびに、あれらは機械仕掛けで動いているのだと言い聞かせてきた。しかし、ハンナの耳の動きは、自由自在で滑《なめ》らか過ぎる。

——もしかしてあれって、飾りじゃなくて本物⁉

今まで考えないようにしてきた事実が、美紀に襲い掛かる。

日本で、いや世界でも獣の耳と尻尾が生えた人間なんて聞いたことがない。

――ここって、地球じゃないの……!?

その結論にたどり着いた途端、酷いめまいを覚える。

「……おい!?」

焦ったようなジョルトの声を聞きながら、美紀は意識を失った。

＊＊＊

ジョルトが街で知り合いの虎人《こじん》の男性から話を聞いたのは、今から三日前のことだった。

相手の虎人は密林の奥の秘境地帯にある集落――虎人の里ハビルに住んでいる。そこは『人の姿ではなく獣の姿で過ごすことが自然である』という祖先の教えのもと、原始的な暮らしをしている里だ。その虎人達は他の虎人と少し違った生態をしているため、原虎人とも呼ばれている。

傭兵を生業《なりわい》にしているジョルトは、古い文化と遺跡が残っているその里に、時折学者を案内していた。

その際に顔見知りになった彼がわざわざ訪ねてきたので、酒場に誘ったのだが、すぐにジョルトは失敗したと思った。色鮮やかな布を腰に巻き付けただけの彼の服装を、他の客が興味津々《きょうみしんしん》で窺《うかが》っているのだ。

しかし、彼はそんなことを気にする風ではない。運ばれてくる珍しい料理に目を輝かせ、ガツガツと食べている。

そして満足するまで食べると、街に来た理由を話し始めた。

「変な遭難者だと？」

「そうそう。尻尾もないし耳も見たことのない形だし、若い娘さんなんだけど、どの種族なのかさっぱり分からないんだ」

彼が言うには、里の女性が魚をとりに上流の川岸に出かけたら、そこに娘が倒れていたのだそうだ。匂いを嗅《か》いでも種族は分からなかったが、水中を好む種族には見えなかったので、彼女は意識のない娘を里へ連れ帰った。

しばらくして娘は意識を取り戻したものの言葉が通じず、虎の姿に怯《おび》えてばかりなのだという。

「共通語が喋《しゃべ》れないのか」

「そう、だから困っちゃってさぁ」

ジョルトの指摘に、彼が肩を竦《すく》める。

獣人は種族ごとに扱う言語が違う。だが多種族が暮らす街では不便なので、ある時共通語が生み出された。今では田舎でも話せる者が一人はいるし、旅をする者なら当然話せる。

それなのに、共通語を話せない遭難者とはおかしなことだ。

「何族か分からないけど弱い種族みたいだから、外の街に連れていってあげた方がいいんじゃないかと思うんだ。けどさぁ、俺達だって外のことに詳しくないし。第一、言葉が通じないから事情も聞けなくて困ってるんだよ」

そして虎人の里の住人で話し合った結果、外の頼りになる人に助けを求めようということになり、彼がこうしてやってきたらしい。

「だからさぁ、なにか知恵を貸してくれ」

「まあ、それは構わんが。まずは話ができないことにはなぁ」

「ねえ、なんのハナシ～？」

相談されたジョルトも困っていると、背後から声がかけられる。振り向くと、ハンナが立っていた。

「ハンナ、てめえこの街にいたのか」

「そーう！　さっき着いてここでご飯してたとこ。ねえねえ、なんの悪だくみしてるの～？」

ハンナは面白いことを見つけたような顔をしてジョルトの隣に座ると、テーブルに残っている料理を勝手に食べ始める。

「あ、こら！　俺の肉！」

「いーじゃんかケチ。で、なんの話？」

ハンナはどうあっても話に参加したいらしい。

――どうするかなぁ……

ハンナは腕のいい呪術師で、ジョルトは何度か一緒に仕事をしたことがあった。本来ならどこかの国で専属の呪術師として雇われていてもおかしくない実力なのだが、何故か各地をフラフラ旅している変わり者だ。彼女は、他種族同士の意思疎通に使う『言の葉の呪術』を扱えるので、今回の問題にはうってつけの呪術師なのだが……

――コイツ、愉快犯の気があるからなぁ。

「面白そう」の一言で、おさまるはずの騒ぎを引っ掻きまわされたことが何度もある。どういう状況か分からない場所に連れていくには、不安のある相手なのだ。

だがジョルトの心配をよそに、ハンナは虎人の男性から詳しい話を聞いてしまった。

「噂の秘境の里！　行ってみたい！」

耳をピンと立たせて、やる気を見せるハンナ。言い出したら聞かない相手でもあるので、こうなっては仕方ない。ジョルト達は三人で虎人の里に向かうことにする。

けれど、まさかそこで噂に伝え聞いた人間というものを目にするとは、思ってもいなかった。

＊＊＊

美紀が意識を取り戻したのは、昼近くになってからだった。いつの間に寝てしまったのかと疑問を抱くが、すぐに思い出す。

――そういえば、気を失ったんだ。

そのままベッドの上でぼんやりしていると、アルザがドアから顔を覗かせた。

「気が付いたのかい!? 大丈夫? 苦しいところはない?」

彼女はベッドの端に座ると、今までと同じ優しい手つきで背中を撫でてくれた。

「突然倒れるからびっくりしたよ。全く、よく倒れる娘だね」

本気で心配している様子に、美紀は申し訳なくも有り難い気持ちになる。言葉が通じると、今までのアルザの優しさがいっそう身に染みる気がした。

「もう平気です、ご心配をおかけしました」

美紀が謝ると、アルザはぎゅっと抱きしめてくる。

「そんなこと、気にしなくていいんだよ。この密林に迷い込んだ者を見つけたら助ける――この里の住人には当たり前のことさ」

見ず知らずの、言葉も通じない面倒な自分をそんな心意気で助けてくれたのか。異世界で受けた人情に、美紀の目元がジワリと潤《うる》んだ。

「じゃあミキ、改めて、ようこそ虎人の里ハビルへ！」

ニコッと笑ったアルザが握手を求めてきた。

しっかりと握手を交わした後、彼女に勧められたお茶を飲んで、気分が落ち着いたところで話を切り出される。

「目が覚めたら教えてくれってジョルトに言われているんだけどね、アンタはどうだい？　話ができそうかい？」

ジョルトの名前を聞いた美紀は、『人間は絶滅危惧種』という話まで思い出し、身体を震わせる。

まだその言葉を受け入れられなかった。

「無理そうなら、そう言いなよ？」

心配してくれるアルザに、美紀は首を横に振った。

「いえ、ジョルトさんと話をします」

「分かった。ちょっと待ってな」

アルザが呼びに行くと、すぐにジョルトがやってきた。

「具合はどうだ？」

部屋に入るなりそう切り出したジョルトに、美紀はなんとか微笑む。

「大丈夫です。いきなり気を失ってビックリさせて、すみません」

美紀は、アルザが置いていってくれたお茶を一口飲む。なにを言われるのかと緊張して、喉が渇いたのだ。

ジョルトは壁に寄りかかりながら無言でその様子を見つめていたが、やがてふっと息を吐く。

「まずは自己紹介だな。俺はジョルト、傭兵だ。街に住んでいるが、たまに仕事でこの里に学者を案内する仕事を請け負うことから、ここの連中と面識がある。今回はその縁でアンタの事を相談された」

どうやら美紀のためにわざわざやってきてくれたらしい。それに、やはり近くに街があるのだ。

――どのくらいの街なのかしら？

いや、たとえド田舎の農村でも、この密林の狩り暮らしよりは文明的だろう。緊張していた気持ちの中に、興味が芽生えた。

「里の者から、アンタは弱いし狩りもできないと聞いている。そんな奴がどうやってここにたどり着いたのか知らんが、よく生きていられたな」

ジョルトの言う通り、この集落の逞《たくま》しい住人達に比べれば、美紀は赤ん坊もいいところだろう。自分が今元気でいられるのは、全てアルザをはじめとした皆の優しさのおかげだ。これが弱肉強食の社会だったら、とっくに飢え死にしているに違いない。

「全部、皆さんの親切のおかげです」

美紀は神妙な表情で告げる。

「……性根は悪くなさそうだな。ところで、アンタの名前は？」

美紀は尋ねられて、名乗っていなかったことに今更気付く。

「あ、私は加納美紀、美紀という名前です。あの、私も聞きたいんですが、その、耳と尻尾は本物？」

名乗るついでと勢いで、美紀は今まで最も気になっていたことを尋ねる。

――だって気になるんだもの！

先ほどからずっと、ジョルトの背後で白と黒の尻尾がユラユラと揺れているのだ。怖そうな見た目に反して尻尾は可愛らしい。

視線が釘付けになっている美紀を見て、ジョルトは大きくため息を吐いた。

「当たり前過ぎることを聞くとは、人間というのはどういう教育をされているんだか」

そう言いつつも、彼は言葉を続ける。

「耳も尾も獣人の証《あかし》で、獣の姿を象徴する部位だ。俺の場合は白虎だな」

ジョルトの説明に、美紀はなるほどと納得した。

気を失っている間に頭の中の整理がついたのか、今は話がすんなり入ってくる。

これまでおかしいと思いつつも気付かないフリをしてきたが、もう認めてしまおう。

ここは地球ではない違う世界――いわゆる異世界なのだ。

「耳と尾の常識を知らないで、よく旅ができたな。アンタはどうやってここまで来たんだ?」

「……ええと」

美紀はどう答えたものかと一瞬迷ったものの、全て正直に言うことにした。上手な嘘をつける気がしなかったのだ。

「あの、私たぶん、この世界の人間ではないです」

「……は？」

美紀の告げた事実に、ジョルトが間抜けな声を出す。

——まあ、そういう反応になるわよね。

美紀だって日本で『実は私は異世界人で』と言われたら、病院へ行くことを勧めるだろう。

そう思いつつも美紀は、とりあえずここへたどり着くまでのことを一方的に語り始めた。

「さっきあなたは人間が絶滅危惧種だと言いましたが、私が暮らしていた場所は人間だけが大勢暮らす世界でした」

そこでキャンプ中に雨で増水した川に流されてしまったこと、気が付いたらこの集落で保護されていたこと。

これらの話を聞き終えたジョルトは、呆れ顔をしていた。

「アンタ、なんて恐れ知らずなんだ。雨の後の川が危険だなんて、子供でも知っていることだぞ」

「いや、まあ、あの時の私はどうかしていたんだと……」

正論を吐かれ、美紀は小さくなるしかない。

あの時は本当に、自分以外の周りが見えていなかったのだ。

「それで、流されて気が付いたらこのあたりにいたというのか？」

「そうです」

美紀が頷くと、ジョルトは「ふーん……」と考えるように顎《あご》を撫でる。

「正直、違う世界というのは上手く呑み込めないが、人間が一人でここまで旅をしてきたという話より、今の話の方が現実的に思えるな」

ジョルトに話の真偽を疑われるどころか現実的と言われてしまい、むしろ美紀の方が驚いた。

――この世界の人間って、どんな存在なの？

人間だと口にしただけで住人にざわつかれたのだ。希少な存在なのは薄《うっす》らと分かるが、それがどの程度のものなのか。

「あの、人間ってそんなに珍しいんですか？」

美紀の疑問に、ジョルトが考え込みながら口を開く。

「昔は世界中に獣人と同じ数だけいたようだが、今は東の果ての人間保護区にしかいならしい。二百人もいないと聞いたことがある」

「そんなに少ないんですか!?」

「そうだ、俺の白虎族も結構な希少種だが、人間よりはずっと多いさ。だから、希少な人間の種《しゅ》を絶やさないために、許可なしでは保護区に立ち入れないそうだ。俺も人間を見たことがあるという奴を知らないな」

ジョルトがそう言って肩を竦《すく》める。

確かに二百人もいないのなら、他の種族の血を入れると純粋な人間はすぐに絶えてしまうかもしれない。子に引き継がれる遺伝子が獣人の方が強かったとしたら、余計に。

——もしかして、それが理由で人間の数が減ったのかも？

この思い付きは、案外当たっているのかもしれない。

「そんなわけだから、もしアンタが保護区に行きたいと言っても、すんなり事が運ぶとは考えにくい。なにせ東にあるってだけで、詳しい場所は誰も知らないからな」

現状をはっきりと伝えるジョルトの態度は、妙に期待を抱かせるよりも好感が持てる。

ジョルトが教えてくれたことを考慮した結果、美紀が出した答えは『行かない』だった。

——そんな隔絶されたところに住んでいる人と、話が合う気がしないわね。

たとえ同じ人間でも、異世界で育った彼らとは馴染めないだろう。

「私はそんな大変な思いをしてまで、保護区に行きたいとは思えません」

「そうか」

美紀の答えに、ジョルトは目元を和《やわ》らげてホッとしたような顔をする。『保護区に連れていけ』と言われた場合を考えていたのかもしれない。どこにあるのかも分からない場所に連れていくなんて無茶ぶりにもほどがあるので、不安に思ったとしても無理はなかった。

「だが、これからどうするつもりだ。人間は人の姿しか持たないと聞くが、それだとここは暮らしにくいだろう」

ジョルトに今後の生活を心配された。

だが、同時に不思議なことを耳にし、美紀は気になってしまう。

――人の姿しか持たない？

この言い方だと、ジョルトが人ではない姿を持っていると言っているようである。

思い出せば、ジョルトは自分達を獣人と呼んだ。『獣』と『人』で『獣人』だということは――

「もしかして、あなた達、獣の姿にもなれるの？」

美紀の推察に、ジョルトの方が驚いている。

「常識過ぎて、そこに疑問を持たれるとは思わなかった。確かに、俺は白虎の姿になれるし、ハンナは兎の姿になれる。この里の連中は虎だな」

ということは、アルザも虎の姿になれるのだ。最初にこの家の中で見た虎は、アルザだったのかもしれない。

――って、あれ？　虎？

虎なら、いつも集落の中を我が物顔でうろついている。

「じゃあ、外にいるあの虎達も人なんですか!?」

よく美紀に近寄って来る虎の子は、ペットではなくこの集落に暮らす子供だったのか。

美紀の驚きように、ジョルトはおかしそうに喉を鳴らす。

「あいつら、アンタに怯《おび》えられたってしょげてたぞ。まあここの虎人は他の虎人と少し違っていて、身体がデカいからな。慣れないと怖く思うのも無理はないさ」

――確かに、虎にしてはちょっと大きすぎじゃない？　って思ってたけど……

大人の虎にじゃれつかれた時は恐怖を覚えていたのだが、あれはもしかしてちょっと肩を叩くつもりだったのだろうか。事情を知らないと、パクッと食べられる一歩手前の行動にしか見えない。

「で、話を戻すが。アンタがその気なら、俺が街へ連れていくぞ。街なら水道もあるし、ここよりは楽に過ごせるだろう」

「……本当に？」

予想外の申し出に、美紀は表情を明るくする。ここでの生活は嫌いではないが、暮らしやすいとはお世辞にも言えない。やはり文明的な社会が恋しい。インフラが整備されていて、少なくともこの集落よりは文明的な生活が送れそうな場所——行けるものなら行きたいに決まっている。

だが問題はある。

「あの、街までの日数はどのくらいかかりますか？」

恐る恐る美紀は尋ねる。この世界の文明がどの程度発達しているのか分からないが、移動に電車やバスは使えるのだろうか。もし移動手段が徒歩しかなく、長旅になった場合、美紀はついていけないかもしれない。

この質問に、ジョルトが少し考える様子を見せた。

「俺が住んでいるのはガルタ。大きな街の中ではここに一番近い。ハンナを連れて三日かかったから、アンタの場合は倍を見ておいた方がいいな」

倍ならば一週間程度ということか。ジョルトに暦《こよみ》について確認すると、曜日などの呼び方が違うだけで、一週間や一カ月の日数は大体同じらしい。

——覚悟していたほどではない、かな？

一週間とは長いようだが、一カ月と言われるよりはマシだろう。

男性、しかも出会ったばかりの相手との旅はさすがに怖いが、ハンナも一緒なのだから少しはマシだ。これを逃したら、移動するチャンスはないかもしれない。

「行きたい、連れていってほしいです！」

街にはここよりもっとたくさんの獣姿の人がウロウロしている可能性があるという、若干の不安要素には目をつぶり、美紀は街の暮らしを楽しみにすることにした。

そして、その日の夜。

住人達が美紀に里での思い出を作ろうと、盛大な宴《うたげ》を開いてくれた。人と獣、それぞれの姿で、全員集落の真ん中にある広場に集まる。

時間が経つにつれて酒が進み、住人達が陽気に歌って踊り出す。その様子を楽しく眺める美紀の隣に、アルザが座った。

「美紀は弱い種族なんだから、ちゃんと強い種族に守ってもらいなよ！」

そう言ってバンバンと肩を叩かれると、ちょっと痛い。たぶんアルザにとっては少し小突いている程度なのだろうが。

美紀は笑顔で話を聞きながらも、今まで心配していたことを思い切って聞いてみる。

「そういえば、私が寝ていた部屋って誰かの部屋だったんですか？　私のせいで家族が追い出されたりとかしてません？」

アルザが時折外で親しそうにしている男性がいるので、ひょっとして彼女の夫を追い出してしまったのではないかと気にしていたのだ。

美紀はそう心配するが、アルザは首を傾げていた。

「あの部屋は独立して里の外にいる息子の部屋だし、アンタが住むことは旦那も了解済みだよ」

「え、やっぱり旦那様がいらしたんですね!?」

やはり家族を追い出してしまったのかと顔を青くする美紀の肩を、いつの間にか背後にいたジョルトがポンと叩いた。

「たぶん話が通じていないぞ。この里は夫婦別居というしきたりがある。旦那が嫁の家に通うんだ」

「……あ、そうなんですか」

誰かを不幸にしたわけではないと分かり、美紀はホッとする。

その後も住人達に色々と話しかけられ、美紀がそれらに笑顔で応じていると、いつも近くをウロウロしていた虎の子供もやってきた。

「ミャウー」

こちらを見上げてコテンと首を傾げる子虎の愛《あい》くるしさに、美紀は恐る恐る手を伸ばし、ゆっくりと抱き上げる。

——うわぁ可愛い！

柔らかな毛並みと、まださほど硬くない肉球の感触に、美紀は感激する。

「人の姿になれないの？」

きっと人の姿でも可愛いんだろうと思って聞くと、ジョルトが笑って教えてくれた。

「子供はある程度大きくなるまで、人の姿をとれない。コイツの場合だと、あと少しといったところか」

「なるほど……」

人になれないうちは赤ん坊と一緒なのかもしれない。

こうして新発見が色々あったが、逆に獣人達の注目をひいたのは美紀の耳だ。皆が入れ替わり立ち替わり隣にやってきては、美紀の耳を軽くつまんでいく。

「人間の耳ってのは変な形だなぁ」

「毛がないんだね、人間の耳は」

「ほわー」

「強いて言えば、猿族に似ているか？」

「猿族の耳はもっと大きいぞ」

初めて見る人間の耳に興味津々《きょうみしんしん》で、あちらこちらで議論をしている。耳は種族の証《あかし》らしいから、他種族の耳を知ることは大事なのかもしれない。

——いろんな種族がいるみたいだから、私も街に行ったら勉強しなきゃ。

密かに決心する美紀の隣に、今度はハンナがやってきた。

「兎族もあんまり街中《まちなか》で見ない種族だから、私の耳だって珍しいんだよ～」

酒を飲んでほんのりと頬を赤くしたハンナが、耳をペロンと垂らして美紀に近付ける。

「……フワフワ！」

ハンナの薄茶色の長い耳に頬を撫でられ、美紀がその感触に驚いていると、次はハンナが美紀の耳に触れてきた。

「ふふん、これで私とミキはお友達♪」

どうやら、耳を触り合うと友達になるらしい。

「こらハンナ、今のは強引だったぞ」

美紀の背後で酒を飲んでいたジョルトが、ハンナを窘《たしな》める。

「いいじゃん～、仲良くなりたいんだも～ん」

それに対して、ハンナがぷうっと頬を膨《ふく》らませて抗議した。

「いいんです。私もフワフワの耳に触れて、ちょっと得しちゃいましたし」

「ほらほら～！」

美紀が擁護すると、ハンナがジョルトに「んべっ」と舌を出す。

「二人は、仲がいいんですね」

そう言って小さく笑う美紀に、ジョルトが嫌そうな顔をした。

「コイツは腕のいい呪術師だから、たまに仕事で組むことがあるだけだ。自由人だから一緒にいると苦労の方が多いぞ」

「いいんだも～ん、自由人で♪」

ハンナがぎゅっと抱き着いてきた。

この時、耳を触り合う行為についてもっと突っ込んで聞いておけば、後の事件は防げたかもしれないと、美紀は後悔する羽目になる。

＊＊＊

ジョルトが虎人の里で保護されていた女性を初めて見た時、あまりの小ささに子供かと思ったが、身体からはすでに成熟している匂いがした。

——何族なのか、判断がしにくいな。

大抵の相手は種族を隠していたとしても、匂いや外見でどの系統の種族かおおよその見当がつく。だが彼女はそれが分からない。それでも探りながら会話をしていると、彼女は驚きの発言をした。

「強いて言うなら人間じゃないですかね？」

——人間だと？

人間という種族について、ジョルトもあまり多くは知らない。分かっているのは、この世界で最も絶滅の危機に瀕《ひん》している種族で、とてもひ弱だということくらいか。

彼女はジョルト達に人間ではないのかと問うてきた。自分達は獣人だと言っても、いまひとつ分かっていない顔をする。獣人について知らないなんて、いくら人間という特殊な種族だとしてもあり得るだろうか？

疑問がジョルトの頭の中を渦巻《うずま》く。そうしているうちに、ふいに目の前の彼女が気を失ってしまった。

「……おい!?」

突然のことに驚くジョルトを、ハンナがジトリとした目で見た。

「ジョルトの顔が怖かったんじゃないの〜？」

「この顔は生まれつきなんだから、仕方ないだろう」

ジョルトは憮然として言い返す。

その間に彼女はアルザという女性に、部屋に運ばれていった。改めて話をしようと目を覚ますのを待つ間、アルザから話を聞けた。

「あの娘は一生懸命、里に馴染もうと頑張っていてねぇ。でもここはこんな暮らしだしさ。できれば安全な街へ連れていってやってほしいんだよ」

アルザは彼女をずいぶん可愛がっている様子だった。

この里は、同じ虎人族から見てもとても不便な生活様式である。その中であんなに体格の小さな弱い種族が生活するのは、簡単ではないだろう。

突然現れた彼女だが、里の中で彼女のことを悪く言う者はいなかった。

「このままここで暮らせばいいと思うがよぉ」

「アルザの後ろをチョコチョコついて回って手伝いして、健気でねぇ」

「いい娘だよ」

「でも、いつうっかり怪我しないかとヒヤヒヤしてなぁ」

「だからいつまでもここにいるのはよくないと思うのさ」

アルザがしんみりと言っていた。

しばらくして、彼女が目を覚ましたと聞き会いに行く。

彼女に名を聞くと、ミキと答えた。

ミキは話をすれば理性的だが物知らずで、やはり獣人のことを知らないという。

だがさらに驚くべきは、ミキがこの世界の人間ではないと発言したことだ。そんなことがあり得るのかとも思うが、人間が一人でここまで旅をしてこられるはずがないことを考えれば、むしろミキの話の方が説得力がある。

それにミキの様子からは都会で暮らしていたであろうことが窺《うかが》える。少なくとも二百人程度が身を寄せ合って暮らしているような、小さな集落にいたのではなさそうだ。街の話を聞いてミキは目を輝かせたが、あれはまだ見ぬ場所を夢見るものではない。すでに知っている場所を望む目だった。

そして、ミキにとっては獣人という存在自体が珍しいらしい。里の者が獣体で歩く姿に怯《おび》えつつも、自然と目で追っている。獣体を持たない人間故《ゆえ》か、魅力的に映るようだ。

その一方で、白虎という種族には反応を示さない。ジョルトは自分が希少種であることをさりげなく告げてみたが、ミキは特になにを言うわけでもなかった。これは珍しいことである。

獣人というのは、男女共に希少種である方がよりモテる。つまり、白虎族というだけで引く手あまたなのだ。これはモテたい者には幸運かもしれないが、そうでない者にとっては苦痛でしかない。

ジョルト自身、傭兵としてあちらこちらを歩いたが、どこへ行っても視線が付きまとう。今いるガルタの街は、大きな都よりもマシだから住んでいるだけだった。

大抵の獣人の女性は、ジョルトの白虎族の証《あかし》を見てとると、目の色を変えて誘惑しにかかり、あわよくば妻の座におさまろうとする。希少種で、その上傭兵としてそこそこ名の売れているジョルトは夫にうってつけなのだろう。

けれど、ミキはそうではなかった。

ジョルトの希少性に興味がないだけでなく、自身の希少性についての認識もほとんどない。希少種の女性なら、なにもせずとも男性が寄ってくるので、まるで女王のように振る舞う者が多いのだ。

だがミキにはそういった傲慢さが見られなかった。虎人の里の住人に大層可愛がられているし、施《ほどこ》しを当然と受け止めたりもしない。謙虚というか、腰が低い。

――初めて見るタイプの女だな。

いつもと勝手の違う女性であるミキに、ジョルトは興味を抱いた。

第二章　人間、安易にモフると後悔するものだ

宴《うたげ》から二日後、美紀が虎人の里を出ていく日になった。

日本の服装に着替えた美紀は、集落の入り口に立っていた。キャンプをするつもりで選んだ服だったので、密林を歩くのに丁度いい。

惜しむらくは、キャンプ用品をなにも持ってこられなかったことだろう。

——色々便利なものがあったのになあ。

だが、ない物ねだりをしても仕方ない。食料などを詰めた荷物を持っていざ出発——しようとした時、驚きの情報が入った。

「え、ハンナさんは行かないんですか⁉」

てっきり一緒に行くのだと思っていた美紀に、ハンナがのほほんとした口調で返す。

「そう～、せっかくここまで来たんだもの。ちょっと密林を探検してから帰ろうかなって思ってぇ」

「えええ……」

慣れない人と旅するならば、せめて女性も一緒の方がいい。

「一人だと危ないですよ、ハンナさん！」

考えを変えてほしくてそう言う美紀に、ハンナはむふんと胸を張る。

「大丈夫、私こう見えて強いから！　ここまでジョルトと一緒に来たのは、道案内が欲しかっただけだし。私はデキる兎さん！」

ピンと耳を立てるハンナとは反対に、美紀はがっくりと肩を落とす。

――ということは私、ジョルトさんと二人きりで行くの？

よく知らない男性としばらく二人だなんて、ハードルが高すぎる。ジョルトの誘いに安易に乗ってしまった自分に、美紀は心の中で駄目出しした。

「ガルル」

突然、背後で唸り声がした。

虎の姿の住人が見送りに来てくれたのかと振り返ると、予想が外れた。

「白い虎！」

そう、白と黒の縞《しま》模様の大きな虎が、口に荷物を咥《くわ》えてのっしのっしと歩いてきたのだ。

「ジョルト、遅い～」

ハンナが白虎に近付いて、背中をペシペシと叩く。

「って、え、この虎がジョルトさん!?」

「ガァウ！」

驚く美紀に、白虎が荷物を口から落として『そうだ』とでも言うように吠《ほ》える。

「ジョルトの背中にへばりついて移動するんだよ～。でないと密林を抜け出すのに時間がかかるからね」

ハンナが白虎の頬をぐにょーんと引っ張りながら説明する。なんとも気の抜ける彼女の態度とは裏腹に、とても恐ろしいことを聞いた気がする。

「え、この背中に乗るの？」

「そーう！」

いくら虎の姿とはいえ、歴《れっき》とした男性に乗るというのはどうだろう。顔を引きつらせる美紀とは対照的に、元気いっぱいのハンナがテキパキと指導を始める。

「はい、まずこの荷物を持ってあげてね～。これジョルトの着替えが入っているから、失くしちゃったらスッポンポンだよ。そんで背中に乗って、首をぎゅっと抱えるの。恥ずかしいことないからね～」

ハンナは美紀に戸惑う隙を与えず、ジョルトの背中に固定していく。

「これでよし！　さあ行ってらっしゃい！」

「頑張んなよ！」

「またいつでもおいで！」

何故かハンナに出発の号令を出され、見送りの住人達も手を振り出す。

——え、本当にこのまま行くの？

感動の別れのシーンなはずが、『今から絶叫系アトラクションが出発します』と言われている気分だ。心の準備ができていない美紀をよそに、ジョルトは走り出してしまう。

「あ！　あの、お世話になりましたー！」

後ろを振り返って叫ぶも、住人達の姿は瞬《またた》く間に小さくなる。

こうして、美紀はガルタの街へ向けて出発した。

集落から出たジョルトは、美紀が流れ着いた例の川に沿って進んだ。発見された場所はずっと上流だと聞いているが、荒々しい水の流れに、美紀は自分の無事を今になって喜ぶ。

——流れ流れて海の藻屑《もくず》にならなくてよかった！

美紀が改めてそう実感している間にも、周囲の景色はものすごいスピードで後方へ流れていく。ジョルトがだんだんと走る速度を上げたからだ。

――ジェットコースターよりも怖い！

出発時の『仮にも男性にしがみ付くなんて』という気持ちはすぐに吹っ飛んだ。これは本気でしがみ付いておかないと、振り落とされる。

ただでさえ暑い密林の気候なのに、虎に密着している今はさらに暑い。なので水分補給のためだろう、ジョルトがこまめに水が飲めそうな川べりで立ち止まる。川に顔を突っ込んで水を飲むジョルトの隣で、美紀も水筒から水を飲んだ。

その後何度目かの休憩で、ジョルトに昼食を促《うなが》された。というか、荷物を前足と鼻先でガサゴソと漁《あさ》られたのだ。

「出します、出しますからちょっと待って」

そう言って荷物から取り出した食料は、干し肉と干し芋だ。荷物を軽くするために最低限のものしか持っていないので、贅沢は言えない。

――早く街に行きたいわね。

温かい食事が恋しい。

そうして昼食を終えた後もジェットコースター気分を味わい、そろそろ暗くなってきたという頃、ジョルトが足を止めた。

美紀が背中から下りると、ジョルトは着替えの入った荷物を咥《くわ》えて木々の向こうへ消える。しばらくして服を着た人の姿の彼が戻ってきた。

「今日はここで休む」

ジョルトの宣言により、本日のジェットコースターはようやく終了である。

——身体中がバキバキ言ってる……

ジョルトに乗っていただけで動いていないとはいえ、しがみ付くのにだって筋力を使う。おかげで普段使わない筋肉が悲鳴を上げていた。

街へ行くのにハンナの倍かかると言われた理由も分かる。ハンナならちゃんとしがみ付いていられるので、もっとスピードが出せるということだったのではないだろうか。

——いや、無理だけどね、私にあれ以上のスピードは。

ジョルトにはもどかしい速度かもしれないが、美紀にはいっぱいいっぱいである。

へたり込む美紀をよそに、ジョルトは着々と野宿の準備をしていた。

「あの、ジョルトさん」

「ジョルトでいい、さん付けはむず痒《がゆ》くなる。言葉も丁寧なのは慣れない」

美紀が呼びかけると、ジョルトにそう注文されたので言い直す。

「ジョルト、私って重くなかった？」

美紀が一日中乗っていたので、ジョルトが疲れていないか心配だ。だが相手はけろりとした顔をしていた。

「もっと重い奴を乗せることもあるんだ、アンタは軽いもんさ。それに、変に上で動かないから楽だ」

「ならいいけど、疲れたら言ってね」

自分のために無理をしてほしくないので、これだけは繰り返し告げた。なにしろ、先は長いのだ。

さて、それはともかくとして、今夜はここで野宿だ。キャンプのように火を焚《た》くのかと思いきや、ジョルトは荷物から食料を出して夕食を食べ始める。手元を照らす光源は小さなランプの明かりのみ。

野宿イコール焚《た》き火というイメージだった美紀は、不思議に感じた。

「明日のために、無理にでも食っておけよ」

食事に手をつけない美紀を疲れ切っていると思ったのか、ジョルトは干し肉を齧《かじ》りながら促《うなが》す。

「ねぇ、火をつけないの？」

この疑問に、ジョルトは食事の手を止めた。

「火を怖がる獣もいれば、火のそばに獲物がいると知っている獣もいる。ここは火に寄ってくる獣が多いから、よほどでないと火を使わない」

　この世界には獣人のように人の姿をとれない、純粋な獣もいる。それらは獣人も餌《えさ》だと思って襲ってくるが、その際に必ずしも火は抑止力にならないと言う。

　火を使うのは暖を取りたい時や食料に火を通す時。けれど、今はどちらも必要ない。

「まあ、総じて獣は強者の存在に敏感だから、俺がいれば大抵の獣は寄ってこないけどな。念のためだ」

　ジョルトは自慢する風でもなく、普通の調子でそう語る。

　――確かに、あの白い虎の姿は迫力満点だもんね。

　その辺の獣なんて、ちょっと吠《ほ》えて凄《すご》んでやれば逃げてしまうだろう。ジェットコースター状態は辛いが、安全面では頼もしい旅の連れだと言える。

　色々納得した美紀は、ようやく夕食に手をつけた。この簡素な食事を一週間ほども続けるなんて苦行だが、ダイエット合宿をしているとでも思っておこう。全ては、文明的生活圏に行くためだ。

　こうして、旅の一日目は終わった。

　二日目も疲労困憊《こんぱい》で過ぎ去ったが、三日目になるとジェットコースター状態にも慣れてくる。もっとも、これ以上スピードを出せとは絶対に言わないが。

それでも、ジョルトと世間話をする余裕くらいは出てきた。

「傭兵って、どんな仕事をするの？」

昼食の干し芋を齧《かじ》りながら、美紀はジョルトに尋ねた。

日本で傭兵と言えば、金で雇われて戦争に参加する人達のことだ。しかし以前ジョルトは、あの虎人の里へ学者などを連れてくると言っていた。この世界の傭兵は、美紀の知るものとは違うのかもしれない。

美紀の疑問に、ジョルトは干し肉を呑み込んで答えた。

「なんでもするぞ？　盗賊退治だってすれば、手紙を届けることもある。一番多いのは護衛の仕事だな」

ジョルトの話を聞くと、どうやら傭兵とはなんでも屋っぽい職種らしい。

「へーえ、じゃあ傭兵の仕事の全てが、腕力勝負というわけじゃないのか」

「そうだな、基本腕っぷし自慢の奴が多いだろうが、たとえば荷運びを重点的に受ける奴は、足の速さが自慢の種族だったりするな」

警備の仕事もすれば運送業もする傭兵は、この世界の生活に欠かせない職業なのかもしれない。

「なるほど」

この世界の知識が増えて満足した美紀に、ジョルトが不思議そうな顔をした。

「……それだけか？」

「へ？　他になにか……あ、ジョルトは大変な仕事をしてるのね！」

「……ああ」

思い出したかのように美紀が社会人的ヨイショをするも、ジョルトはやはり微妙な顔をする。

——なんか私、失敗した？

首を傾げる美紀に、ジョルトがため息を吐く。

「調子が狂う奴だな」

——そんなことを言われても……

「まあ、妙に媚《こ》びられるよりはいいか」

ジョルトが一人頷くが、美紀にはよく分からない。

いまいち噛み合わないまま、昼の休憩は終わった。

「そろそろ行くぞ」

再び駆けるジョルトの背中にしがみ付く。あっという間に時間が過ぎ、夜になったため移動するのを止める。

そして夕食の干し芋を齧《かじ》っていた時、今度はジョルトが美紀に尋ねてきた。

「ミキ、アンタはどんな仕事をしていたんだ？」

「私？　元の世界では事務仕事……書類を書いたり整理したりしてたかな」

そう答えながら、美紀の脳裏に元恋人と元後輩の姿が浮かぶ。

――女々《めめ》しいよ私、早く忘れなさい！

美紀は小さく頭を振って残像を消す。

「そういう仕事なら街には色々あるから、働き先は案外早く見つかるかもな」

「……そうかな」

笑顔で言うジョルトだったが、美紀はそれに喜べなかった。

街へ行けば当然、生活するために働かなければならない。それにはある程度のスキルが必要だ。ジョルトは街での生活を安心させるために、言ってくれたのだろう。

けれど会社で恋人を盗《と》られ、嫌がらせを受けたあの時、誰も美紀に親身になったり庇《かば》ったりしてくれなかった。街で働くことになったとして、自分は日本にいた頃と違う、本音で付き合える人間関係を作れるだろうか？

――私、ちゃんとやっていけるかな……

自然と俯《うつむ》く美紀に、ジョルトは眉をひそめたが、それ以上尋ねてはこなかった。

その翌朝。

「……ふぁあ」

美紀は朝食を食べながら、大きな欠伸《あくび》をする。

――あまり寝られなかった……

考え事がグルグルと頭の中を巡って、目が冴《さ》えてしまったのだ。今の美紀は酷い顔をしていることだろう。

それからいつものようにひたすら進み、昼食休憩に入った時のこと。

「ちょっと待ってろ」

ジョルトがそう言って姿を消した。

――置いていかれたりしないわよね。

美紀はそんな不安に襲われそうになったが、ジョルトはすぐに戻ってきた。その手にはどぎつい紫色の物体がある。

「干し芋も干し肉も飽きただろう。ほら、これでも食べろ」

そう言われて差し出されるが、ちょっとビビる外見である。

――食べろって言われたんだから、食べ物のはずよね。

恐る恐る受け取ったそれの感触は柔らかく、甘い匂いがするので果物かもしれない。けれど、食べるには勇気がいる。

どうすればいいか困っている美紀の前で、ジョルトが紫の物体の外側を小型のナイフで剥《は》がす。すると中身は鮮やかなオレンジ色で、それを一口大に切り取って渡してくれた。そしてジョルトも一切れ口に放り込む。

「甘くて美味しいぞ」

アンタも食べてみろと促《うなが》され、美紀は恐る恐る齧《かじ》ってみた。

「甘い、美味しい！」

外見からは想像のつかない、甘酸っぱいオレンジの味で、しばらく果物を食べていない美紀の身体に染み渡るようだった。

「だろう？」

美紀の喜ぶ様子を見たジョルトが、ニカッと笑う。その笑顔が美味しい甘味と合わさって、美紀の心を温かくする。

「とってきてくれて、ありがとう」

礼を言う美紀に、ジョルトが告げた。

「昨日の夜、なんか落ち込んでいただろう。俺が気に障ることを言ったのかと思ってな。

これはその埋め合わせだ」

その言葉に、美紀は胸が詰まった。あれは美紀が勝手にこれから先のことを不安に思って落ち込んだだけで、ジョルトはなにも悪くないのに。

「……ありがとう」

美紀は気の利いた言葉が出てこず、同じ礼を繰り返す。

「どういたしまして」

軽く手を上げて応《こた》えるジョルトを見て、美紀は彼と心の距離がほんの少し近付いた気がした。

それからさらに進み日が暮れた頃、ジョルトの判断で休むことになった。

「暗くなる前に、水浴びしてこい」

「分かった、そうする」

ただ白虎の背に乗っているだけでも、全身汗だくになる。美紀はいそいそと川辺に行くと、服を脱いで水に浸かった。

「気持ちいーい……」

一日の汚れを川の流れで落としていた、その時。

「グォーウ！」

川の向こう側の茂みから、獣の鳴き声が響いた。しかも結構距離が近い。

「ひっ……！」

美紀は上げそうになった悲鳴を呑み込む。下手に刺激をすると、襲ってくるかもしれないのだ。

この鳴き声に、当然ジョルトも気付いた。水浴びの際は距離を置いてもらっていたのだが、半ば這《は》うようにしながら川から上がる美紀のそばに、すぐに飛んでくる。

「ミキ、静かにしていろ」

そう言われ、美紀は叫びたくなるのをぐっとこらえて囁《ささや》き声で告げる。

「なにか、なにかいる……」

「知ってる」

ジョルトは震える美紀を宥《なだ》めるように濡れた髪を撫でて、茂みの方を睨む。やがてガサガサと草の音をさせながら現れたのは、ゴリラだった。

――大きい……！

まるで映画に出てくる怪獣のようだ。以前ジョルトは、自分がいれば他の獣は寄ってこないと言っていた。それがこうして現れたということは、ジョルトよりも強いのだろうか。そんなことを考え、美紀は顔色を青くする。

しかし一方のジョルトは、面白くなさそうな顔をした。

「若いオスが、相手をよく確かめもせずに粋がって喧嘩を仕掛けてきただけだ。舐められたもんだな」

そう言うとジョルトは川を跳び越え、大きなゴリラに向かって駆け出した。

――ちょっと、大丈夫なの⁉

美紀の目にはそれが無謀な行動に見えた。しかし、ゴリラは駆け寄るジョルトを見て後ずさる。

「怯《おび》えるくらいなら、最初から出てくるな」

ジョルトの繰り出した拳が、ゴリラの腹に当たる。

「グォウ！」

するとゴリラは悲鳴を上げ、よろよろと茂みの奥へと戻っていく。

――え、逃げた、の……？

拳一発で撃退したジョルトを、美紀は呆然と見つめる。そこへ、ジョルトが悠然とした足取りで戻ってきた。

「たまにああした無謀な奴がいるんだ」

そう告げて美紀の隣に座った。

「……あれも、獣人？」

「いや、ただの獣だ」

なんと、あれだけ迫力のある獣がいるのか。しかも、若いオスだと言っていたので、あれよりもっと大きな大人の個体がいるということだ。

──今までなんともなかったから、大丈夫だろうと思ってた。

美紀は虎人の里での安全が、実に幸運だったのだと気付く。

まだ恐怖が拭《ぬぐ》えず震える美紀の肩を、ジョルトが落ち着かせるように抱き寄せた。伝わってくる温もりが冷えた身体に心地よく、自然と強張っていた力が抜ける。

しばらく二人、そうしていたのだが──

「ところで、水に濡れた姿がすごくそそられるんだが、誘われていると思っていいのか?」

「……へ?」

美紀はジョルトの言っている意味が分からず、一瞬きょとんとした顔をする。そして、自分がつい今しがたまで水浴びをしていたのだと、遅れて理解する。

ジョルトの視線に晒《さら》されている自分の裸を見て、美紀は顔を真っ赤にした。

「きゃーー!!」

夕暮れの密林に、美紀の悲鳴が響いたのだった。

それから服を着て、干し芋と干し肉で食事をすると、美紀は少し気分が落ち着いた。

——早く街へ行きたいわ。

そしてできるなら屋内の安全な場所で水浴びをしたい。もっと言えば風呂に入りたい。日数的には予定の半分を過ぎているので、きっと目的の街は近いはずだ。

美紀がそう自分を励ましていると、ジョルトが突然声をかけてきた。

「ミキは、人間の中でも変わっているのか？」

——変わっている、私が？

『思ったのと違う』と言われたことはあれど、『変わっている』と言われたのは初めてだ。どういう意味かと首を傾げる美紀に、ジョルトが続けた。

「アンタは俺のことを聞きたがらないし、持て囃《はや》したりしない。第一、妙な誘惑をしてこないじゃないか」

「……えぇーと？」

ジョルトのことを聞いていないのは、会話時間が少ないせいでもあるが、誘惑とはなんだろうか。美紀には彼が言わんとしていることを理解できない。

「……ジョルト、自慢話をしたかったの？」

「いや、俺がしたいんじゃなくて、女共が聞きたがるんだ」

そう言ってジョルトはしかめ面になる。

「それに怖いなら、一緒に水浴びをしてくれと頼まないのか?」

どうやら先ほどのゴリラの件が、ジョルト的には理解できなかったらしい。

あの後、美紀は裸を見られたことが恥ずかしくて、川の中に戻ってジョルトに思いっきり水をかけてしまった。そして水浴びをしている間、そばにいてほしいが後ろを向いていてくれと頼んだのだ。ジョルトはこの美紀の言動が珍しいという。

「水浴びに誘われた経験はあっても、見るなと言われたことはない。これだけの間二人きりでいて、アンタほどなにもしてこない弱小種の女は初めてだ」

「そんなことを言われても……」

裸を見られて恥ずかしがったのを、変わっていると言われても困る。日本人にとっては、常識的な恥じらいだと思うのだが。

「ミキみたいなのは、そっちの世界だと普通なのか?」

「……普通っていうか、結構いると思うけど」

世の中は肉食系女子が流行《はや》っていたが、彼女達だってあの状況は普通に恥ずかしがるだろう。

──一緒に水浴びって、要は『お互い裸でイイコトをしよう』と誘うってこと？　獣人の女性はこんな過酷な旅の間でも、隙あらば男性を襲うのか。だとしたら、彼女達はどれだけパワフルなのだろう。

休憩中の美紀は体力温存のためにひたすら休んでいるし、夜は疲れてすぐに寝る。余計なことを考えないし、したくないのだ。

「たぶん獣人と人間の、体力と気力の差だと思うわ」

「そうなのか？」

美紀の答えに、ジョルトが首を傾げる。

一方美紀も、ジョルトとの二人旅で不思議に感じることがある。

ここまでの旅で、体力面はともかくとして、精神面では自分でも意外なほど楽なのだ。

──知らない男の人との二人旅だなんて、あんなに怖かったのにね。

理由の一つ目は、ジョルトが美紀に過度の期待をしないこと。できないことを詰《なじ》ったりがっかりしたりしないので、ストレスが減った。

二つ目は、ジョルトが美紀の容姿についてなにも言わないこと。獣人の価値観は人間のものとは異なる。彼らは、獣体の身体の大きさ、立派さ、毛並みの美しさで美醜《びしゅう》を判断するらしい。

なので獣人基準では、美紀は対象外だという。いつも見た目で判断されていた美紀にとって、人間の美醜の価値観から解放されたことが新鮮だった。

——私、案外この世界で生きていけるのかも。

美紀はこんな風に、前向きになっていった。

それから旅は順調に進み、もうすぐ密林を抜けるという頃。

——うーん……

美紀は一人で悩んでいた。なにをかというと、ジョルトへの恩返しである。

旅の間、ジョルトは美紀を運ぶのはもちろん、夜間の警戒までこなしているのだ。

「睡眠時間は足りている？」

「傭兵の仕事は徹夜も多いし、浅くてもちゃんと眠っている」

美紀が尋ねるとこんな答えが返ってきた。

——それでも、大変なことには違いないのよね。

当初、美紀は傭兵だというジョルトへ、謝礼金を渡すことを考えた。現時点で金銭の類《たぐい》を持っていないが、後払いという方法もある。

けれど、「困っている奴からとるほど、金が欲しいわけじゃない」と断られたのだ。

それでも美紀も引くわけにはいかない。出会ったばかりの赤の他人の親切に甘えてばかりでは、人として駄目だろう。

断られないお礼とはなんだろうと、美紀は白虎の背中でずっと考えていたのだが、ある時ハッと閃《ひらめ》いた。

――そうだ、マッサージがあるじゃない！

肉体を酷使しているジョルトにこそ、マッサージで恩返しするのが相応《ふさわ》しいのではなかろうか。

美紀は学校へ行って資格を取ったわけではないので、素人《しろうと》の真似事にしかならないが、今できる精一杯のことだ。

夕食を食べ終えてしばしまったりとした後、美紀はジョルトに語り掛けた。

「ジョルト、これまでのお礼にマッサージさせてくれない？　私、結構得意なの」

周囲が暗い中、ランプの明かりに照らされるジョルトの顔を覗き見ると、相手が戸惑っているのが分かった。

「まっさーじというのはなんだ？」

この答えに、美紀の方が驚く。

――え、マッサージとかしないの？

「疲れをとるために身体をほぐしたりとか、色々しない？」

傭兵なんて仕事をしている人こそ、身体のケアは大切な気がするのだが。しかし、ジョルトは美紀の言葉の意味が分からないらしい。

「疲れなんて、寝ればとれるだろう」

強がりではなく、本気で言っている顔だった。

ジョルトの話を聞いてみると、獣人というのは多少のことでは怪我すらしないそうだ。たとえ怪我をしたとしても一晩寝れば治るのだという。その生まれ持った治癒《ちゆ》能力故《ゆえ》に、身体のケアという概念がないらしい。

——身体が頑丈にもほどがあるよ！

だが、ここで引き下がってしまったらお礼ができない。

「マッサージって、身体を手で押したり撫でたりして、筋肉の凝《こ》りをほぐして疲れをとることなの。傭兵って、身体が資本の仕事でしょう？　ちゃんと労《いたわ》らないと今後が心配だよ」

「……心配、俺がか」

美紀のセールストークに、ジョルトが心を動かし始めている。

「気持ちいいから、やってみない？」

いつも強く出られない美紀にしては、精一杯の勧誘だ。

「……では頼もう」

すると、案外あっさりと頷く。

——もう少し、不審がられると思ったんだけど。

美紀にとっては願ったり叶ったりだが、なにをされるのか分からないものを簡単に了承していいのかと、逆に不安になる。それだけ、自分の身体能力に自信があるのだろうか。

けれど了承してもらえたからには、すみやかに行動だ。

「じゃあ今日は、背中をマッサージしよう」

何故背中かというと、美紀がずっと乗っているため一番凝《こ》っているのではないかと思ったからだ。

「背中か」

ジョルトはそう言って素早く上着を脱ぐと、布も敷かずに直接地面に寝そべった。

——え、寝ちゃうの？

元々美紀は、座ったまま背中をマッサージするつもりだったのだ。起きてもらうべきかと戸惑っていると、ジョルトが顔だけをこちらに向けた。

「まっさーじとは押すのだろう？　アンタは小さくて非力だから、こうしないと押すなんて無理だ」

ジョルトなりに気を使ってくれたらしい。それにたとえ危険があったとしても、どうとでもできるという強者の余裕なのかもしれない。

こうなれば、グズグズしていないでやってしまうに限る。

「背中に触るねー」

一言断ってジョルトの逞《たくま》しい背中に触れた美紀は、その筋肉に驚く。

――マッチョとも違う感じだし、実用的な筋肉なのか。

獣人と人間の身体が同じか確かめながら背中全体を撫でてみたが、触った感じだと変わりはなさそうだ。

そうして美紀は全身を使ってマッサージを開始した。力を入れ過ぎて筋を痛めてもいけないので、絶妙な力加減が必要だ。優しく慎重に行うことを心掛けて、背中をなぞっていく。

――背中って確か、内臓系のツボが多いんだっけ。

時折一か所だけ熱かったり、逆に冷たかったりと違和感がある箇所がある。恐らくそのツボと関連している内臓が弱っているのだろう。普段、暴飲暴食でもしているのかもしれない。

そのツボを軽く撫でてジョルトが痛がらなかったので、重点的にマッサージをする。

「どう？　ジョルト」

「ああ、いい心地だ……」

美紀が声をかけると、ジョルトが眠そうな声で答えた。気持ちよくなってきたのか、尻尾がユラリと揺れる。

——逞《たくま》しい背中に、可愛い尻尾……

そのギャップに、思わず頬が緩《ゆる》む。これがもしや、ギャップ萌えというやつだろうか。

ジョルトのズボンは獣人仕様なのか、お尻の部分にスリットがあり、そこから尻尾を出している。今はマッサージのために上着を脱いでもらっているので、隠れていた尻尾の付け根の動きがよく見えた。

美紀はユラユラと動く尻尾を無視できず、つい目で追ってしまう。

——触り心地がいいんだろうなぁ。

フワフワの尻尾の誘惑が襲いくる。こうもユラユラされると、猫ならずとも掴みたくなるだろう。虎人の里では恐くて触れなかった反動が、今きている。

——ちょっとだけ。もし怒られたら謝るし……

ジョルトの背中を押している手を持ち上げ、タイミングを見計らって尻尾をそっと掴

む。手に伝わる温かくてフニッとした感触に、美紀は感激する。

ジョルトは驚いたのか、尻尾をピーンと立たせた直後、素早く起き上がった。背中に片手をついていた美紀は、その反動で後ろに転がる。

「驚かせてごめん‼　ちょっと触ってみたかっただけなんだけど……」

謝罪と言い訳を交ぜてワタワタする美紀の肩を、ジョルトが掴む。

「……アンタ、俺の嫁になりたかったのか？」

「は？」

――嫁ってなに？

ポカンと間抜けな顔をする美紀に、興奮でギラついた目のジョルトが迫った。ランプの明かりのみの薄暗い中、ジョルトの顔が美紀に触れるか触れないかの距離まで近付く。

「こんな状況で求婚とは、なかなかやるな」

「へ？」

――求婚？

頭が上手く動かない美紀に、ジョルトの吐息がかかる。

「虎の、しかも白虎の尾に触れた勇気を受け入れようじゃないか」

「ゆ、うき？」

――ってなに？　叱られるんじゃないの？

言っている意味が分からず、美紀の頭の中にハテナマークが飛び交う。そんな美紀をジョルトが押し倒し、囁《ささや》いた。

「尾は獣人の急所であり、触れるのは求婚の証《あかし》。つまりそれを為した今、ミキは俺の嫁になったということだ」

――求婚⁉　尻尾を撫でたことが⁉

美紀は冗談でしょと叫びたかったが、ジョルトのまさしく肉食獣の目に気圧《けお》されて、声が出ない。

――待って、ちょっと待ってよ！

口をパクパクさせることしかできない美紀をよそに、ジョルトが逃げ道を塞ぐように手足を押さえつける。

「まずは匂い付けだな」

ジョルトの瞳が爛々《らんらん》と輝き、美紀の首筋をじっとりと舐めてくる。

「ひゃっ……！」

思わず悲鳴を上げる美紀に、ジョルトがさらに体重をかけ、今度は軽く唇を奪われる。

「安心しろ。明日はミキが疲れて寝ていても、ちゃんと運んでやる。嫁は大事にするからな」

「ちょっ、そん、はなし、うひゃう！」

――そんな気遣いはいいから、舐めるのをやめて話を聞いてくれないですかね!?

そう抗議をしたいのは山々だけど、ジョルトを押し返して強引にやめさせる力が、美紀にあるはずがない。

そうこうしているうちに、ジョルトはなんと美紀の服を脱がせにかかった。その手を止めようとすると、喉のあたりを甘噛みされて、思わず力が抜ける。その隙に、ズボンを一気に下ろされた。

「きゃあ！」

下半身を覆うのがパンツだけとなった美紀は、己《おのれ》の無防備な姿に顔を赤くする。

パンツを守ろうと下半身に気を取られていると、いつの間にか上着のシャツが脱げかけていた。

結果、全裸を晒《さら》すまで残り数秒。

――早い、展開が早すぎる！

結婚というのはもう少し悩んだりするものだろう。特に自分達は、数日前に出会ったばかりの赤の他人ではないか。一カ月が無理なら一週間、いやせめて一晩でも答えに悩んでほしい。

そんな美紀の望みも虚《むな》しく、ジョルトはテキパキと事を進めていく。いけない、この展開は実に危ない。美紀の中の警報はガンガン鳴りっぱなしだが、ジョルトの行為を止めることができないでいる。

――馬鹿、あの時の私ってホント馬鹿！

『後悔先に立たず』という言葉が、美紀の脳裏でリピートし続けた。


翌日の早朝。

「……最悪」

美紀はぐったりとしたまま目覚めた。

起き上がろうにも身体の自由が利かない。何故なら、白虎の姿のジョルトが美紀の身体に巻き付いているからだ。朝とはいえ、ただでさえ暑い密林の気候に虎毛皮は地獄だった。しかも虎毛皮に包まれた美紀は全裸である。

昨夜はあの後、『密林の中で全裸とか変態っぽい』と思う暇もなく、ジョルトの行為は続いた。だが、危惧していたような展開にはならず、ただひたすら全身を舐められただけだ。

──匂い付けって、こういう意味だったのか。

しまいには人の姿では効率が悪いからと、白虎の姿で挑まれたのだ。最後の一線は越えなかったが、乙女の最も大切なところもがっつり舐められた。虎の舌に舐められると結構痛いことを知るなんて、日本にいたらあり得なかっただろう。

これは貞操を守れたと言えるか、はたまた立派な性行為と判定されるか。微妙なところだが、美紀の気分的にはアウトだ。

──もう嫁にいけない……いや違った、もう嫁入りから逃げられない。

全ては自分の不注意のせいで。

「お風呂とは言わないけど、水浴びしたい」

汗と唾液を流したいと美紀が呟《つぶや》く。

「グァウ〜……」

その声に反応したジョルトは『まだいいじゃないか』とでも言いたげに大欠伸《あくび》を返した。

「起きてるのなら離れて、暑苦しいんだから！」

美紀は巻き付く虎毛皮をぐいぐい引っ張るが、体重差的に動かすのは困難だ。

「とにかく、私は水浴びをするから、離れて！」

その後、引っ張ったり毛皮を逆立てたりを繰り返した結果、ジョルトはようやく身体を起こし、地獄の虎毛皮から美紀を解放した。

そして伸びをするように四つん這《ば》いで踏ん張ると、ざあっと毛皮が褐色の肌になり、虎の骨格が人のそれに変わっていく。

――う、わ……！

獣人の変化という神秘を目《ま》の当たりにして、美紀は抗議も忘れて見入る。昨夜も人から虎へ変わるところを見たはずなのだが、混乱するばかりで覚えていなかったりする。

だがそれもつかの間、虎から変化した直後のジョルトは、当然素っ裸。その姿で美紀の目の前に立たれると、立派な男の印が視界に入ってしまう。

「服を着ろーー!!」

早朝の密林に、美紀の声が響き渡った。

顔が赤いのは、果たして怒りか羞恥《しゅうち》か。

――二人して朝から全裸とか、どういう状況よこれは！

美紀は憤慨しながら、アルザが着替え用にと持たせてくれた布を身体に巻く。ベタベタな身体に服を着るのが嫌だったのだ。

「水浴びをしに行きたいんだけど」

美紀が川に連れていってほしいと言うと、ゴソゴソと服を着ていたジョルトが、顔だけを振り向かせて眉をひそめた。

「匂いを定着させるために、できればしばらく洗ってほしくないんだが」

「無理！　気持ち悪い！」

美紀は速攻で拒否する。

――これで数日過ごすとか、なんの拷問《ごうもん》よ。

「なら、しばらく毎晩同じようにするか。うん、それで解決だな」

「それで解決しないで、別の方法を考えて！」

そんなことを言い合っているうちにジョルトの着替えが終わり、水辺へ連れていってもらった。

「うわ、冷たい、気持ちいい！」

ジョルトに反対方向を向いてもらって裸で浸かれば、暑苦しかった気分が流れていくようだ。全身を水に濡らした美紀は『このまま昨夜の出来事も流れてくれたらいいのに』と思ってしまう。

「こうなるって知ってたら、絶対尻尾の誘惑に負けなかった……」

ため息を吐く美紀に、木を這《は》う蛇を見ていたジョルトが顔だけを振り向かせた。

「まさかと思うが、尾に触れることの意味を知らなかったとは言わないだろうな？」

「そのまさかなの！　失礼だったのはいくらでも謝るから、昨日の件は無効にしてほしいんだけど！」

両腕で胸元を隠しながら懇願する美紀に、ジョルトは真面目な顔をして告げた。

「ミキに獣人の常識を教えなかったのは俺の落ち度でもあるが、この件は知らなかったじゃすまされないぞ。尾を許すのは特別な行為だ。俺も初めて体験したが、まるで所有印をつけられたかのように、アンタの手の感触がずっと残る」

どうやら獣人の尻尾とは、こちらが思ってた以上に敏感な箇所だったようだ。

「それに触れられた瞬間は、身体中に刺激が走って興奮を抑えられなくなる。昨日は耐えた俺に感謝してほしいもんだな」

ジョルトが話しながら身体ごとこちらに向き直ったので、美紀は慌てて首から下を水に沈める。

「……ちなみに耐えられなかったら、あの時どうなっていたんでしょうか？」

思わず敬語で尋ねる美紀に、ジョルトが答えた。

「まあ当然、交尾に突入だな」

――なるほど、やっぱりね。

美紀としては意外というより、事実の確認ができたというべきか。昨夜服を脱がされた時点で覚悟をしていた面もあるが、ジョルトは結局そこまで手を出さなかった。

――この人じゃなかったら、危なかったということね。

昨日のあの時点で美紀が無事だったのは、ジョルトの理性の強さの賜物《たまもの》ということになる。

「昨日の私に説教したい……」

――そしてできるならこのまま川と同化してしまいたい。

ズーンと落ち込む美紀が水の中でブクブクと息を吐くと、その様子を見たジョルトが微《かす》かに笑う。子供っぽいと思われたかもしれない。

「ちなみに耳を触るのは親愛の表現だ。虎の連中からも散々触られただろう？」

ジョルトの言葉に、「確かに」と美紀は頷く。

ハンナからは『これで友達』と宣言されたし、やたらと耳を触られたり引っ張られたりしていた。あれは珍しいからではなく、『仲良くしよう』の合図だったのか。

一つ一つの行動の意味を、もっと深く知るべきだった。

――私ってホント馬鹿だ。

美紀はがっくりと項垂《うなだ》れる。

「だが、俺に求婚したのは悪い選択じゃない。これでミキの安全は守られるんだからな」

「……安全？」

いまいち分かっていない美紀の様子に、ジョルトが説明をする。

「数が少ない種族はなにかと狙われやすい。人間なんて、希少種中の希少種だろう。街に行けばいろんな奴が狙ってくるぞ」

狙われるとは物騒な単語だ。命が狙われるのか、はたまた貞操の危機なのか。具体的にどういう意味なのだろう。

「狙われるって、なんの理由で？」

「ズバリ結婚相手だな」

美紀の疑問に、ジョルトがあっさり答える。希少種であればあるほど、結婚相手としての価値が上がるそうだ。希少種との結婚はステータスなんだとか。

――希少種っていうのは、家柄みたいなものなの？

日本で良家の生まれだというのと同じく、希少種だとモテるということだろうか。

「ちなみに、前にも言ったが白虎族も結構な希少種だ。まあ俺の場合は、かかってくる奴は返り討ちにしてやるけどな」

ジョルトのように強い希少種ならば蹴散らせるが、弱い希少種は反抗できないことが多い。だから耳と尻尾を隠して、種族を悟らせない者は結構いるらしい。

「弱い希少種が安全を確保する手段の一つが、強い種族との結婚だ」

強い種族の匂いを付けていると、その種族より弱い者は近付けなくなるのだという。

――それで、昨夜のアレか。

説明を信じるなら、これでジョルトより弱い男性は近寄ってこないということだ。

ジョルトはいい人だし、魅力的だと思う。でも、だからと言って嫁になることをすんなりと受け入れられるわけではない。

それから朝食を食べて出発となったが、ジョルトはあまりスピードを出さずにゆっくりと走った。美紀の負担を考えたのかもしれない。昨夜変な体勢を取らされたせいか、身体の節々が痛い美紀には有り難かった。

――最後まではされなかったけど、今までの人生で一番エロいことをした気分だわ。

昼食時に昨夜のことを思い返しては顔を赤くし、最後にはしょんぼりとしてしまった美紀に、ジョルトが果物をとってきてくれた。

「……ありがとう」

「どういたしまして」

ジョルトの気遣いはうれしいが、残念ながら美紀の気分は浮上しない。

そんな美紀をじっと見ていたジョルトが、突然「ミキ、ちょっと寄り道をするぞ」と言い出した。

「……寄り道？」

——なにか用事があるのかしら？

どこへ行くのか知らないが、ジョルトに乗っているだけの美紀に、否を言う権利はない。

朝食を終えたジョルトは、人の姿で美紀を抱き上げた。

「わ、わっ！」

「すぐだから、暴れるなよ」

そしてこの状態のまま密林の中を駆けていく。白虎のものとは少し違う人の体温と密着して、美紀の鼓動が速くなる。

——汗の匂いがする。

日本の生活の中で、人の体臭や汗を感じることはそうそうない。消臭グッズが溢れていて、少しでも匂うとハラスメント扱いを受けるからだ。美紀が付き合って来た元恋人達も、そういうケアをする人達だった。

けれどジョルトの汗で濡れた肌に触れるのは、不思議と不快にならない。どうして、ジョルトの匂いにこんなにドキドキするのだろう。

——相性がいいと、匂いって気にならないんだっけ……

今美紀が赤面しているのは、たぶん暑さが原因ではない。

ジョルトに抱えられていたのは、そう長い時間ではなかった。昨日までまっすぐ進んでいた道から少し逸《そ》れて、崖になった場所を上がっていくと、視界が開《ひら》けた。

その先に見えたのは――

「……うわあ！」

飛沫《しぶき》をあげて流れ落ちる滝が、美紀の目の前にあった。密林を深い谷が横切っているらしく、そこへ川の水が落ちているのだ。それだけでも十分に見ごたえがあるのだが、今は太陽の光を受けて虹が輝いていて、さらに美しい。

「綺麗……！」

興奮した口調の美紀に、ジョルトが微笑した。

「よし、笑ったな」

「……え？」

滝の音でジョルトがなんと言ったのか聞こえず、美紀は問い返す。するとジョルトが美紀の頭を優しく撫でた。

「ミキは人のことばっかり考えて、夜あまり寝てないだろう。難しいことは放っておいて、滅多に見られない景色を楽しむ方がずっといいぞ？　それと悩み事があるなら言え。

夫婦なら一緒に悩むもんだ」

ジョルトのこの言葉に、美紀は目頭が熱くなる。

——気にしてくれたんだ。

美紀は心配されたり、気遣われたりした経験があまりない。小学生の頃には、すでに家族や周囲からリーダー気質を求められていた。

美紀が少しでも甘えたい雰囲気を出すと、否定的な言葉を浴びせられる始末。

『あなたなら、一人でも平気でしょう?』

『甘えたことを言うな、気持ち悪いな』

『美紀のキャラじゃないよ』

本当は違うのに、今まで作ってきた偽りの自分が他者との間に壁を作る。なまじ努力家なことも災いして、無理をしてしまったのだ。

けれど、ジョルトは初めて悩むことを肯定し、蔑《ないがし》ろにされてきた本来の美紀を拾い上げてくれた。そのことに美紀は、元恋人達には覚えなかったときめきを感じ始めている。

心配して慰《なぐさ》めてもらえたということが、日本でのあれやこれやで枯れ果てていた美紀の心に染み渡っていった。

そう、まるで大地を潤《うるお》すこの川の水のように。

──ジョルトはいい人だわ。

嫁の話が出てきた時はどうしようかと思ったが、それは美紀が迂闊《うかつ》だっただけのことだ。ここが異世界だと分かっていたのに、安易に行動したから。日本風に例えるなら、美紀の方からプロポーズしたのに、次の日に『やっぱりナシで』と言い立てたようなもの。第三者からするとそれはいかがなものだろう。

それなのに、ジョルトは昨夜だって最後の一線を越えようとはしなかった。あの状況での我慢が辛いことは、美紀にだって分かる。

さらに美紀の無知をあまり責めず、こうして景色を見せに連れてきてくれた。

──もう、色々考えるのはやめよう。

嫁云々はまだ気持ちがついていかないが、美紀はジョルトを好きになり始めていた。

少し冷えた空気を思いっきり吸い込むと、ジョルトに笑顔を見せる。

「もう大丈夫！」

「そうか」

ジョルトも口元を微《かす》かに緩《ゆる》める。

こんなすごい景色を、以前ならば写真に撮ってネットにあげていただろう。だが、今ここにはカメラもネットもなく、残せるのは自分の記憶のみだ。

——でも、それって実は贅沢なことかもね。

誰とも共有しない、自分だけの記憶という財産にできるのだから。

「そろそろ行くぞ」

「あ、うん！」

ジョルトに促《うなが》されて、美紀は興奮冷めやらぬままに白虎に乗って出立した。

白虎の背中にしがみ付きながら、美紀は思う。

——気持ちは整理できたけど、できれば毎日アレをされるのは回避したいなあ。

あれは羞恥心《しゅうちしん》と虎舌の痛さとの戦いなのだ。

だが悲しいことにこの思いは通じない。毎夜ジョルトにマッサージを施《ほどこ》した後、美紀は裸に剥《む》かれ舐められた挙句に、虎毛皮に包まれるという苦行を繰り返すことになるのだった。

＊＊＊

ジョルト達獣人にとって、尾は大事なものだ。

『尾を許す』というのは、それほど親密な仲だということを表す。だからこそ、尾に触れるのは家族くらいで、他人においそれと触れさせるものではない。

尾を許すのは求婚の証《あかし》だと昔から言われているが、馬鹿正直に尾に触れてくる獣人は滅多にいない。獣人の求婚とは、好ましい相手のもとにひたすら通い、好意を得た先にあるもの。そして無事に結婚に至った後、ようやく尾を許し合うのだ。

想いを通じ合わせていない相手に手っ取り早く尾に触れて求婚しようものなら、覚悟しておかねばならない。何故なら尾に触れた途端に逆上した相手に襲われ、最悪死ぬ可能性があるのだ。

とはいえ、強い相手に触れられたら太刀打ちできないため、触れられたくない者は服の下に隠すのが普通だ。ジョルトは尾を隠すと窮屈だし、狙われても返り討ちにできる自信があったので、今まで隠したことはない。

ある時、ミキがマッサージというものをやりたいと言い出した。ジョルトの背中に乗せてもらっているお礼だという。

ジョルトはマッサージという未知のものへの興味もあり、やってもらうことにした。

すると、ミキが背中を優しく撫でるように押していくのが、ことのほか気持ちいい。

――きっと獣体だったら、喉を鳴らしっぱなしだな。

背中を押されているのに身体全体が安らぎ、思わず尾がユラユラと揺れるのが分かる。

これでは邪魔をしているようだと、自身に苦笑していた時。

フニッ。

突然、ミキが尾に触れた。

その瞬間、ジョルトの頭の中が真っ白になり、全身をものすごい勢いで血が巡る。人の姿なのに、全身の毛がぶわりと逆立つ感覚がした。

「驚かせてごめん!! ちょっと触ってみたかっただけなんだけど……」

ミキが言い訳をしているようだったが、そんなものは耳に入らない。

直接尾に触れて求婚するのは、獣人のタブーであり、最後の手段。食われてもいいということを示す行為。そのことが、ジョルトの感情を真っ赤に染めた。

――この女、ミキを、食べたい。

押し倒し、気の済むまで身体を味わい尽くしたい。その感情に従って、ジョルトはまず味見とばかりにミキの身体を舐める。獣人の女性よりも柔らかな肌は、吸い付くような舌ざわりだった。獣人にとって結婚相手に求めるものは、美しさももちろんだが、匂いの相性と希少性だ。特にジョルトのように嗅覚《きゅうかく》に優れた種族は、体臭を気にする。

――匂いは、合う。

毛並みは、獣の姿を持たないミキをどう判断すべきか分からないが、その黒髪は艶《つや》やかで美しい。希少性はジョルトにとってはどうでもよかったものの、人間ならば申し分ないだろう。

ジョルトの中に、ミキを嫁にしたくない要素が見つからなかった。

だがこのまま身体を繋げてしまっては、交尾の匂いを嗅《か》ぎ取った獣が騒ぐかもしれない。途中で水を差されては台無しである。

――この場はひとまず我慢するか。

代わりにミキを自分の匂いに染めて、他の獣人が手出しできないようにしよう。そう決めたジョルトはミキを舐める。人の姿がもどかしくなり、白虎となってもなお舐めた。

翌朝、ミキが尾に触れることの意味を知らなかったと告げたが、もう遅い。

――これは、俺の嫁だ。

女性と夜を過ごすことが楽しみになるなど、初めての経験だった。

＊＊＊

色々あったので予定より延びてしまったが、美紀達はとうとう密林の出口にたどり着いた。

「……広い」

木々が切れた向こうには、見渡す限りの草原が広がっていた。日はすでに傾きかけており、空が夕暮れ色に染まり始めている。

――うわー、爽快かも。

ずっと密林にいたので、視界を遮《さえぎ》るものがない景色が新鮮だ。

「ガルル！」

ジョルトの背に乗っていた美紀は、身体を揺すられたので地面に下りる。すると、彼が白虎から人の姿に変わった。

「ここからは歩くぞ」

「いいけど、どうして？」

この草原は走りやすそうなのにと疑問顔の美紀に、ジョルトが説明した。

「人が大勢通る場所で獣の姿を晒《さら》すのは、マナー違反だ」

強い種族が獣の姿でうろつくと、弱い種族はトラブル回避のためにその街道を避けて通る。それは不便だということで、ずいぶん昔に種族の代表が集《つど》う会議でそのように決められたのだとか。

「なるほど、確かに……」

日本でも不良やチンピラがいそうな裏路地があれば、たとえ近道でも絶対に通らない。

ジョルトが白虎の姿で走ると、それに似た状況になるのかもしれない。

「だから街に入っても、獣の姿でいるなんて奴は見ないな」

「そうなの⁉」

「虎人の里では獣の姿が多かったが、あそこは特殊な集落だ。基準にしない方がいい」

その言葉に、美紀の表情が晴れやかになった。

「なぁんだ、早く言ってよ、そういうことは！」

実は、街でも色々な種類の獣がうろついていたらどうしよう、と不安に思っていたのだ。その心配は必要ないと知り、一安心である。

そんなわけで美紀は久しぶりに自分で歩いた。だがすぐに暗くなったため、この日も野宿となる。

ジョルトが野営で初めて火を焚《た》き、それで湯を沸かし始めた。

――明るいっていいわね。

久しぶりに見る明るい炎の色に、美紀の身体から力が抜ける。お互いの顔もよく見えないようなランプの光は、やはり心もとない。

「ここなら火を焚《た》いてもいいの？」

「そうだ。草原には大した獣はいない」

ジョルトはそう言って荷物から取り出した茶葉を少量カップに入れ、そこに沸かした湯を注いだ。

「雑な淹《い》れ方ですまんな」

一言断ってから、美紀にカップを渡す。漂《ただよ》う香りは紅茶に似ているかもしれない。

「……美味しい」

久しぶりに温かいものを口に入れた美紀は、その一杯で十分に癒《いや》される。

――もうすぐ街かぁ。

美紀は残り少なくなった干し芋をモグモグと食べながら、感慨に浸《ひた》る。街に着いたら、味の濃い料理が食べたい。干し芋と干し肉、たまに密林で見つけた果物にはとうに飽きていた。他に食べるものがないので、我《わ》が儘《まま》を言えないが。

職場ストレスで増えていた体重は、きっと大幅に減っていることだろう。ダイエット広告もビックリの勢いだ。

――贅肉が落ちて筋肉がつくとか、理想的なダイエットじゃない？

しかもスマホもパソコンもないのですることがなく、暗くなったら寝て朝早くに起きるという規則正しい生活を送ってきた。そのおかげで肌の状態もよく、すっぴんでも気にならない。もしかして、自分史上最も肌の状態がいいかもしれない。

なにが幸いするか人生分からないものだと、美紀が思い返していると――

「ミキ、今から交尾だ」

「……は？」

美紀は、干し芋を頬張ったまま固まる。

まるで『お代わりだ』と言うような自然な口調だったが、自分はもしや『今からエッチしよう』と誘われたのか？

「ここから先は人が増えるし、ミキには危険だ。だからしっかり交尾をするぞ」

至って真面目な顔のジョルトを、美紀は干し芋を呑み込みつつ見つめる。

危険という意味は説明されたから分かる。色々な種族が暮らす街は、希少種を狙う者も多くいるという。そんな奴らから逃れるには、ジョルトの嫁になった証《あかし》をつけるのが確実だ。だから交尾をして匂いをつけることが必要なのは、理解できるのだが……

――それ、今じゃなきゃ駄目なの？

美紀は改めて周りを見渡す。

「ここって外！　すっごい外なんだけど！」

美紀は大きく手を振って訴える。正確には今までもずっと外だった。しかし木々に四方を囲まれた密林に比べて、覆い隠すものがなにもなく星明かりに照らされている草原では、解放的過ぎるだろう。

しかし、ジョルトは気にならないようで、すでに服を脱ぎ出している。

「明日は抱えていってやるから、今は頑張れミキ」

何故か励まされたが、励ますくらいなら裸に剥《む》くのをやめてほしい。見晴らしのいい場所で全裸は嫌だ。

——いや、着衣でエッチの方がもっと恥ずかしいのかも？

経験のない状況に混乱する美紀をよそに、ジョルトは着々と作業を進める。結局いつものように全裸になって押し倒されてしまった。背中に当たる草がチクチクする。

「ミキ、たくさんヤるからな」

「や、ちょっと……」

満天の星空を背景にして、同じく全裸になったジョルトが臨戦態勢で伸《の》し掛かってくる。

「なんだ、あの時あんなに情熱的に尾を掴んでおきながら、今更『嫁は嫌だ』とでも言うのか？」

「……そうじゃないけど」

「じゃあいいだろう」

美紀も今では嫁という事実を受け入れているし、ジョルトを好きだという気持ちだってある。

嫁になって初めての性行為を、日本では初夜という。尻尾を掴んで嫁認定されてから時間が経っているが、そういう意味ではこれが初夜だ。だったら、もう少し雰囲気を大事にしたいと思う美紀は、間違っているのだろうか？

――言い方、言い方をもっと考えようか！

「せめて、『交尾』と『ヤル』以外の言い方をしてほしいわ」

「なんだ、そんなことか」

ジョルトがニヤリと笑った。

「俺と愛し合え、ミキ」

少なくとも『交尾』よりは、色っぽい言い方かもしれない。

「……優しくお願いね」

――よく考えたら、星空の下で愛を交わすなんて、一生ものの思い出じゃないの。

しかし、美紀がそう思えたのは最初だけだった。

翌朝、美紀は膨《ふく》れっ面《つら》でお茶を飲んでいる。

「だから、途中で無理って言ったのに……」

気持ちは盛り上がっても、人種による体格差の問題は大きかった。そんな二人が交尾を行えばどういうことになるか、想像するのは容易だろう。

——下半身が壊れるかと思った……

現在の美紀は当然のごとく、腰が重怠《おもだる》くて動けなかった。

「あんなにするなんて聞いてない、馬鹿。ホント、ジョルトの馬鹿……」

愚痴が止まらない美紀に、ジョルトが果物を差し出す。

「いつまでもむくれてないで、ほら、これでも食べろ」

——甘いものを与えれば、機嫌がよくなると思わないでよね！

でも果物はしっかり貰う美紀だった。

その後は、ジョルトに子供のように抱かれて移動する羽目になった。ちなみに水浴びする元気もないので、服の下は行為直後のままだ。見えるところだけは濡れた布で拭《ぬぐ》ったが、この状態で人と会うかもしれないと思うと、非常に居たたまれない。

だがその一方で、美紀が歩かないことで進む速度が速くなった。ジョルトが飛ぶように駆けていくと、道がだんだんと広く、整備されたものになっていく。

――街が近いのかも。

ガルタの街までもう一息だった。

第三章　獣人の街はケモ耳天国

「ミキ、街へ入る前にこれを被って頭を隠せ」

ガルタの街を目前に控え、美紀は小さい風呂敷サイズの布を頭に被せられる。

――そういえば人間って超希少種だったわね。

獣の耳がない人間であることを悟られないためだろう。けれどもジョルトに任せたら泥棒みたいな被り方になったので、美紀は海賊風に巻き直して髪型も工夫し、耳が隠れるようにする。

「よし、これならいいだろう」

ジョルトが満足そうに頷いて、足を速める。ちなみに美紀は抱きかかえられたままだ。

進むうちに、ちらほらと人とすれ違い始めた。その誰もが当然のように獣の耳を持っている。

――あれはイヌ科、あっちは猫っぽい。向こうはなんの動物だろう……

ジョルトの腕の中から観察しているが、あちらも美紀のことをジロジロと見てくる。

獣の耳がないことは隠しているのに、なにが珍しいのか。

――もしかして、匂いで昨夜のことがバレバレとか……？

ジョルトも匂いに敏感なようだし、獣人とは総じて鼻がいいのだろう。とすると、昨夜ナニをしたのか知られたのかもしれない。

美紀はますます居たたまれなくなり、ジョルトの腕の中でぎゅっと縮こまる。

しばらくそうしていると、ジョルトに肩を叩かれた。

「ミキ、見えてきたぞ」

「本当？」

ついに到着かと顔を上げた美紀が最初に見たのは、大きな壁だった。どうやら壁の向こうにガルタの街があるらしい。外壁の隙間から、人々が出入りしている様子が見える。

「さあ行くぞ、あと一息だ」

そこからジョルトが一気に駆けて、街の入り口にたどり着いた。そこには門があり、遠目に見た時よりも長い行列ができている。時間はそろそろ日差しが強くなる頃で、門前にいる係員らしき人が荷物のチェックをしている様子が見えた。

――なんか、空港の出入国検査みたい。

抱っこのままはさすがに恥ずかしかった美紀は、下ろしてもらって一緒に並ぶ。ちなみに着ている服の上にアルザから貰った着替えの布を羽織り、尻尾がないのをごまかしている。

そして、いよいよ美紀達の番になった。

「いようジョルト、今回は早い帰りだったな」

美紀を連れて前へ進み出たジョルトに、係員の男性が気安げに話しかけた。男性の頭には茶色い毛並みの三角の耳がピンと立っている。

――イヌ科かな、あの人。

美紀がそう推測しながらじっと見ていると、男性の方もジョルトに隠れて立っている美紀に興味を持ったようだ。

「連れの娘はえらく匂うが、お前どこでナニしてきたんだよ」

スンスンと鼻を鳴らし、ジト目でジョルトを見る。やはり昨夜の出来事を勘付かれているみたいだ。今の自分は、昨夜エッチしましたと言いふらしているも同然なのだろう。

――もう、穴を掘って埋まってしまいたい。

恥ずかしさのあまり顔を伏せて耳を塞いでいた美紀を、ジョルトが抱き上げた。

「これ、俺の嫁」

ニヤリと笑ったジョルトに、男性が固まる。

「嫁⁉　お前がか⁉」

「おうよ。今回の旅先で見つけたんだ、いいだろう」

声が裏返るほど驚く彼に、ジョルトは見せつけるように美紀の頬を舐めた。

「おい、あれ噂の白虎だろう」

「白虎の嫁だってよ」

「こりゃ大ニュースだ」

「街の女達が泣くな」

並んでいる他の人々がざわついているのに、耳を塞いだままだった美紀は気付いていなかった。

恥ずかしい思いをしたものの、その後はトラブルもなく街に入る。

「わぁ……」

ガルタの街は白いレンガ造りの建物が多いらしく、街全体が白っぽく見えた。通りを歩く人々は、地球で言うところの中東っぽい雰囲気の服装をしている。

「どうだ、ここがガルタの街だ」

ジョルトの言葉に、観察に忙しい美紀は頷くことしかできない。

大通りは人がそれほど多くなく、田舎の商店街並みの人出だろうか。抱き上げられたジョルトの腕の中から街の様子を見ていると、確かに獣の姿はない。

——そして本当に人間がいない。

たまに今の美紀のように耳を隠している人はいるが、服の下に尻尾がちらっと見えてやはり獣人だと分かる。聞いてはいたが、実際に目の当《ま》たりにするとショックだ。

今、自分がここでたった一人の人間だということが実感として心に迫り、ジョルトから貰った頭の布をぎゅっと握った。

そんな美紀の様子を見て、ジョルトはなにを感じたのか。

「昼はそこらの店で買って、家で食べるか」

ジョルトは布越しに美紀の頭を撫でると、通りに並ぶ露店に立ち寄る。そこからは、出来立ての総菜のいい匂いが漂《ただよ》ってきた。匂いに釣られた美紀の視界に、この時初めて街並みと獣人以外の物が入った。

「温かい食べ物！」

ずっと干し肉と干し芋ばかりだったので、露店に並ぶ総菜が豪華なごちそうに見える。しょんぼりしていた美紀が、食べ物を見た途端にキラキラした顔になったので、ジョルトが小さく笑う。

——笑うなら笑えばいいわ！

食欲はなにものにも勝るのだ。

「なにが食べたい？」

「……メニューが分からないわ」

美味しそうなのは見て分かるが、それがどういった料理なのかは分からない。

「適当に見繕《みつくろ》うぞ」

ジョルトが買う様子をじっと見つつ、我ながらまるで子供だなと思う。けれど無一文《むいちもん》の身で無駄に大人ぶっても、温かい食べ物は手に入らない。そういったプライドみたいなものは、虎人の里の生活で消えた。

――なにせあそこでは、自力じゃなにもできなかったし。

食糧は芋と豆を畑で育てているくらいで、基本は狩りで入手だ。美紀のキャンプ経験は、原始的生活の前では全く戦力にならないのだ。

そうして美紀が過去を振り返っているうちに、買い物が終わった。

「よし、じゃあ帰るか」

いよいよ、ジョルトの家へ向かう。

――どんな家かしらね。

美紀が日本で住んでいたアパートよりも広いだろうか。この街の住宅事情を想像しながら、ジョルトに抱えられて進む。

「あれが、俺の家」

そう言って指さされたのは、街の中心部から少し離れた場所に建つ一軒家だ。レンガ造りの家は二階建てで、結構な広さの庭もあり、美紀からすると立派過ぎるほどだった。

「素敵じゃないの！」

まるでリゾート地の別荘のような佇《たたず》まいだ。

「そうか？　元はどっかの金持ちの家を、何年か前に買ったんだ」

ジョルトは美紀の反応に気をよくしたのか、尻尾が機嫌よさげに揺れていた。

カギを開けてもらい中に入る。この街では玄関で靴を脱ぐ習慣があるらしく、裸足《はだし》になって家へ上がる。この家も獣の姿で出入りしやすいようにか、外へ繋がるドア以外はカウンター扉式の造りだった。

「ミキ、こっちだ」

ジョルトが最初に案内した部屋はダイニングルームだった。テーブルの類《たぐい》は置いておらず、床に手触りのよい絨毯《じゅうたん》が敷いてある。奥にはキッチンがあるが、電化製品のような便利なものはなく、煮炊きはかまどで行うようだ。

美紀がキッチンの設備を確認しているうちに、トレイを持ってきたジョルトは絨毯《じゅうたん》の真ん中に置き、そこに露店の料理を広げる。

「ミキ、食事にしよう」

「分かった」

ジョルトに呼ばれて、美紀は絨毯《じゅうたん》の上に座る。

――床に座って食べる文化なのか。

美紀はそこらに置いてあるクッションを拾って腰に当てた。

買ってきた料理は薄焼きパンに肉の串焼き、ポテトサラダに豆のスープだ。それに加えて、ジョルトが手早くお湯を沸かしてお茶を淹《い》れる。

「ほら、冷めないうちに食べろ。イタダキマス」

「頂きます」

この『頂きます』は、美紀が食事のたびに言っていたのを、ジョルトが真似をし始めたものだ。

美紀は日本にいる時、この言葉をそれほど気を付けて言っていたわけではない。しかし見知らぬ土地で食べ物を分け与えられたら、感謝しなければという気持ちが湧いて、自然と口から出てきたのだ。自分は日本人だったんだ、とつくづく思った瞬間だった。

久々の温かい料理は美味しかった。とはいえそれぞれの料理の量が多く、すぐにお腹がいっぱいになってしまう。結果、料理のほとんどがジョルトの腹の中におさまった。どうやら、旅の間は相当食欲を抑えていたらしい。仮に、ジョルト一人ならば好きなだけ狩りをして食べられていたのだろうか。そう思うと申し訳ない。

温かい料理を満足いくまで食べたことで身体が安心したのか、やがてウトウトとしてきた。

「あふ……」

「少し昼寝するか」

欠伸《あくび》をする美紀にクッションを宛がった後、ジョルトは自身の服をポイっと脱いで白虎になった。獣の姿の方がくつろげるのかもしれない。白虎は美紀に寄りそうように絨毯《じゅうたん》の上に寝そべる。

——暑いんだけど……まあいいか。

二人はそのまま、日が傾くまで寝ていた。


次に美紀が起きると、部屋に夕日が差し込んでいた。

——あれ、もうこんな時間？

眠ったおかげで頭がずいぶんスッキリした気がする。

「よく寝ていたな、ミキ」

そう声をかけてきたジョルトは、いつの間にかゆったりとした部屋着に着替えており、お茶を飲んでいた。

「おはよう……」

モゾモゾと身体を起こした美紀にも、お茶を淹《い》れてくれる。喉が渇いていたので、つい一気に飲み干してしまった。

「ミキ、こっちに来てみろ」

ジョルトに手を引かれて、連れていかれた先は——

「お風呂だぁあ!!」

幾何学《きかがく》模様のタイル張りの浴室には広い窓があり、庭の景色がよく見える。ゆったりとした造りの浴槽は、ジョルトが足を伸ばしても余裕があるだろう。水道が通っているため、水は蛇口から出るし、なんとお湯の出る蛇口まである。お湯はまとめて沸かして保温槽に溜めておくらしい。

わざわざお湯を溜める装置があるということは、寒い季節もあるのかもしれない。

——ずっと暑いままだったら、水浴びだけで足りるはずだもんね。

「会ってから今までで、一番うれしそうだな」

ジョルトが苦笑しているが気にしない。浴槽は汚れているようには見えないものの、この暑さではしばらく使っていないはずなので、まずは掃除が必要だろう。今日は疲れているので無理だが、明日には早速風呂掃除をしたい。日本人としては、やはり風呂が恋しいのだ。

次にベッドルームへ案内された。日当たりのいい部屋で、真ん中に獣人サイズのどでかいベッドがある。

「ミキは小さいから、一緒に寝られるだろう」

ジョルトはそう言うが、美紀だって日本人女性の平均以上の身長はある。自分が小さいのではなく獣人がデカいのだと主張したい。

先ほど美紀が寝ている間に、ジョルトが二人の荷物を片付け、リネン類を洗濯済みのものに交換してくれたみたいだ。おかげでベッドからは清潔な香りがする。

——今夜は、フカフカな綿のベッドで寝られる！

虎人の里では草布団だったのだ。美紀が感激していたら、ジョルトに呼ばれた。

「ミキ、今日のところはこれに着替えろ」

ジョルトが美紀の着替えにと、自身のシャツを出してきた。ダブダブでワンピースみたいだが、家の中で着る分には構わないだろう。これで着ていた服と着替え用の布を洗濯できる。

「ジョルト、ありがとう！」

笑顔でお礼を言うと、ジョルトも笑う。

さらに彼は、夕食まで買ってきていた。

「ミキ、そろそろ夕食にしよう」

「……確かに、お腹が空いたかも」

美紀は昼寝から起きたばかりだというのに、空腹感を覚えた。旅の間は粗食だった分、身体が栄養を取り戻そうとしているのだろうか。

ダイニングルームに並ぶ、今夜のメニューは麺類だ。うどんっぽい麺が肉と一緒に柔らかく煮込まれており、なかなか美味しい。

あとは野菜の煮込みとヨーグルトらしきデザートもある。ヨーグルトは日本で食べた物よりも酸味が強いが、美紀は結構好きな味だった。

にしても、水や食べ物が口に合う世界でよかった。合わなければ、里にいた時点で干からびていたかもしれない。

「はぁー、美味しかった……」

ヨーグルトまで平らげた美紀の口元を、ジョルトが手を伸ばして拭《ぬぐ》う。どうやら口の端についていたようだ。

「そりゃよかった。ミキは小さいからもっと食べろ」

「小さくないです、私の種族ではむしろ標準以上です」

美紀は十分に育ち切っているため、これ以上の成長は横幅にしか残されていない。

――せっかく強制ダイエットに成功したんだから、太るのは嫌だわ。

夕食を終えると、いよいよ風呂場で水浴びだ。本音を言うとお湯を溜めた風呂に入りたいが、石鹸《せっけん》を使えるだけでも有り難い。

ルンルン気分で風呂場へ向かい、服を脱ぐとジョルトと連れだって浴室に入った。窓の外はすでに暗いが、室内の明かりが互いの裸体を照らしている。いつも夜の暗闇の中で小さなランプのみの薄暗い視界だったので、初めてはっきりとジョルトの裸体を見た。

――綺麗……

ジョルトの野性的で、美しい肉体。思わず見入る美紀を、ジョルトが抱きしめる。

「ここは俺の家で安全だから、ゆっくり水浴びできるぞ」

ジョルトの肉体美も素晴らしいが、ゴリラに怯《おび》えなくていい水浴びはもっと素晴らしい。

美紀はそのまま悪戯《いたずら》されそうになったのを慌てて躱《かわ》し、洗い場に向かう。

洗い場には、身体を洗う用の石鹸《せっけん》とスポンジが置いてあった。早速それを使って身体を洗うが、石鹸《せっけん》がなかなか泡立たない。里を出てから水浴びするだけだったので、相当汚れているのだろう。

三度目でようやく白い泡が立ち、気持ちもさっぱりとした。隣でも、ジョルトが全身を泡だらけにして洗っている。

「ジョルト、洗ってあげる」

「おう、頼む」

ジョルトの答えを聞いて、美紀は桶に水を汲んで近くに寄る。スポンジを持って背中を優しく洗っていると、泡をつけた尻尾がプルプルとしていた。

——尻尾も洗った方が、いい、かな。

以前の反省を踏まえ、直接触らずに泡だけを尻尾に擦り付けてみる。モコモコの泡の中で尻尾が揺れているのが存外可愛くて、美紀は頬が緩《ゆる》む。もっとモコモコにしてやろうと、尻尾全体を泡まみれにしていった。

「こらミキ、尾で遊んでいるだろう」

上半身だけ振り向いたジョルトに、額《ひたい》をツンと突《つ》かれた。怒ったり興奮したりしていないので、セーフな行為のようだ。ジョルトは泡に包まれた尻尾を見て苦笑し、ブンッと振って泡を落とす。

「うひゃ！」

飛び散った泡がまともに美紀にかかると、ジョルトがニヤリと笑う。

「お返しだ、俺も洗ってやる」

そして泡立てたスポンジを持って美紀に迫った。泡を擦り付けながら身体を揉んだり撫でたりしているが、これは洗っていると言えるのか。

挙句にお尻をマジマジと見られた。

「何度見ても、尾のない尻というのは不思議だな。でも、尾の跡はあるのか」

尾てい骨を軽く押されてグリグリされると、変な声が漏れそうになる。

「そこは駄目！」

「なんだ、人間もここは弱いんだな」

その手から逃れようとする美紀に、ジョルトが囁《ささや》く。

そのまま行為になだれ込んだものの、サクッと終わってくれたのはジョルトなりの親切だと思おう。ちなみに、イタした後にもう一度ちゃんと身体を洗ってもらった。

それでもその一度が濃密だったため、美紀は立てなくなって寝室まで運ばれてしまった。

――有り難いんだけど、パジャマくらい着てほしい。

誰もいないからといって裸で歩き回るのはどうだろう。このあたりは獣の意識なのか、あまり裸を恥ずかしがらない。

この傾向はジョルトだけではなく、虎人の里でも同じだった記憶がある。なにせあそこでは、男女が一緒に水浴びをしていた。なるべく人目につかない時間帯を選んでひっそりと水浴びをする美紀を、彼らは不思議そうに見ていたものだ。

なにはともあれ、綺麗な身体で寝室のベッドに入ると、すとんと寝てしまった。

目が覚めた時はもう朝だった。

「あふ……」

欠伸《あくび》をする美紀の隣には、絡み付くように眠る白虎姿のジョルトがいる。屋内でもいつもと同じ様子に、美紀は小さく笑う。

ジョルトはよく寝ていて、穏やかな呼吸に合わせて白虎の毛並みが上下する。背中や首のあたりを撫でると「グルゥ」と小さく唸るが、まだ起きない。美紀は次第に大胆になり、今まで触れたことのない、無防備に晒《さら》されたお腹の毛に手を伸ばした。

――フワフワ！

背中とは違う手触りに美紀は感動し、そうっと顔を埋《うず》めてみる。暑苦しいが、幸せな感触だ。頬擦りしながら一人はしゃいでいると、ジョルトがモゾモゾとし始めた。そして前足の硬い肉球で美紀の頭を叩く。

——なんか、気持ちいい。

お腹から顔を離さずにいる美紀を訝《いぶか》しんだのか、ジョルトがムクッと頭を上げた。

「おはよう、ジョルト」

美紀が声をかけると、やっと今の状況を理解したらしい。首を寄せてきたかと思えば、ベロンと口の端を舐められた。もしかして、キスのつもりなのかもしれない。美紀も真似をして白虎の頬に唇を寄せると、頬のふっくらとした毛並みが顔に当たる。

「ガゥウ！」

するとジョルトが伸《の》し掛かってきて、美紀は腹毛の下に埋もれてしまった。さすがに暑いと美紀が慌てて離れると、ジョルトは伸びをしてから後ろ足でカシカシと耳を掻く。

その仕草はまるで猫だ。

——可愛い。

美紀は思わず頬を緩《ゆる》める。

やがて満足したのか、ジョルトは四つん這《ば》いで踏ん張り、人の姿に変わった。

——何度見ても不思議だわ。

見惚れる美紀を、ジョルトが抱き寄せる。

「おはよう、ミキ」

そう言って、唇を合わせて深いキスをした。

「ん……」

息苦しくなったところで唇を離され、仕上げとばかりにペロリと舐められた。こういう仕草が、人であっても虎っぽい気がする。

しばらく二人でベッドの上でのんびりしていたが、お腹が空いたので部屋着を着てからダイニングに行く。

朝食のメニューは、ジョルトが昨日の買い出しの時に買っていたらしいパンとハム、チーズだ。お茶くらいは淹《い》れようと思った美紀だったが、どうやら淹《い》れ方が違うようなので、今回は見学だ。

この街のお茶は、先に濃いお茶をヤカンに煮出しておき、それをお湯で薄めて飲むらしい。

——お茶を淹《い》れるのが待てないのかしらね。

それだけ頻繁にお茶を飲むということだろうかと、美紀は納得する。ジョルトに勧められて牛乳を混ぜて飲んだら美味しかったので、このやり方もアリかもしれない。

それにしても、昨日の昼食から今食べている朝食まで、ジョルトが外で買ってきたものしか食べていない。

――毎日これじゃ駄目よね。

これから先は自炊しなければ食費がかさむし、なにより美紀がいつまでもお客さん気分でいてはいけない。嫁として、せめて食事は作りたい。日本で料理の経験はあるし、里でかまどの扱いも教えてもらった。簡単な煮炊きくらいはできるだろう。

だが、朝から活動的に動けるかどうかが怪しい。今朝は昨日の朝よりはマシとはいえ、腰が重怠《おもだる》くて仕方がない。

しかしそれを言い訳に甘えていても駄目だ。できることからコツコツと。そのためにも体力作りから始めよう。

「よし、今日から自炊よ！」

美紀は、ハムとチーズを挟んだパンを食べながら宣言した。

「……駄目かしら？」

反対されるかもと様子を窺《うかが》う美紀に、ジョルトが微笑む。

「嫁の手料理を食べたくない旦那が、いるわけないだろう」

「じゃあ、今日から私がご飯を作っていい？」

「ああ、こっちからお願いしたい」

ジョルトは美紀に賛成するように頷く。

「だが食べる物はなにもないから、また買い出しに行く必要がある」

さらに続けてジョルトが言った。

「それに、ミキの服も必要だな」

確かに美紀はキャンプ服とアルザに貰った布しか持っていない。けれど――

「……私、お金持ってないんだけど」

身一つでこの世界に流された美紀は、換金できる物すら持っていない、本当の無一文《むいちもん》だ。そんな美紀の言葉にジョルトは眉をひそめ、彼女の頬をぐいっと両手で挟んできた。

おかげで美紀は変な顔をしているだろう。

「嫁の服を買うくらいの甲斐性はあるぞ」

ジョルトの強い口調に、美紀はマズいことを言ったらしいと悟る。

――でも、自分の事は自分で面倒見なきゃ……

そう考えてしょんぼりしかけた美紀は、ハッと気付く。これは元恋人達に対する考え方だ。彼らは、美紀が甘えた態度を取るのが好きではなかった。

嫌なことを思い出して表情を硬くした美紀の額《ひたい》を、ジョルトがツンと突《つつ》く。

「それでも気になるなら、帰ってからゆっくりマッサージをしてくれ」

妥協案を出してくれたジョルトに、美紀は肩の力を抜く。

「……分かった」

ここはジョルトに甘えておき、後で全身マッサージでお礼をしようと思う。

「早速、朝のうちに買いに行こう」

ということで、午前中に買い出しに行くことになった。

昨日洗濯しておいたキャンプ服と下着をつけたら、布で頭とお尻を隠して外出だ。

「抱いていくか？」

「自分で歩くから！」

ジョルトの提案を即座に却下する。恥ずかしいことこの上ないし、第一体力をつけなければと決意したばかりだ。

そうして連れだって出かけた朝の大通りは、昨日の昼よりも人で賑わっていた。

――こんなに人がいたの!?

驚く美紀に、ジョルトが説明をしてくれる。

「今の季節は昼が一番暑いからな、出歩くのはもっぱら朝か日が暮れた後になる」

「なるほど。その方が効率的ね」

物珍しくてキョロキョロしている美紀が連れていかれたのは、服飾店だった。

「邪魔するぞ」

ジョルトが声をかけると、奥から黒髪でスラリと背の高い女性が現れた。年齢は美紀よりも少し上だろうか。黒毛の丸い耳と、黒毛に灰色の斑点《はんてん》が入った長い尻尾が見える。

――黒豹かな？

美紀は耳と尻尾からそう予想する。

「ジョルトじゃないか、昨日から噂になっているよ」

どうやら知り合いのようで、女性は親しげに話しかけてきた。

「アニエス、これが噂の嫁だ」

「どうも、美紀です」

背中を押されたので、美紀は一歩前に出てぺこりと頭を下げる。それをアニエスが上からマジマジと見た。

「ずいぶんちっちゃいね。耳と尾を隠しているようだが、なんの種族か聞いてもいいかい？」

早速尋ねられた内容に、美紀はドキリと胸を鳴らす。

「駄目だ。今のところは秘密で頼む」

「あいよ、分かった」

あっさり引き下がったアニエスを見て、美紀はホッとする。

「でも雰囲気からすると弱小種っぽいね。もしかして、この嫁の服かい？」

「そうだ、適当に見繕《みつくろ》ってくれ」

「よし、任せときな」

ドンと胸を叩いたアニエスに、美紀は店の奥に連れていかれた。

「耳と尾を隠したいんだよね、だったら……」

アニエスが棚をゴソゴソと探して、色々な服を持ってくる。

「耳を隠したいならベールを被った方がいいね。裾の長い上着を着ていれば、尾も見えない」

ブツブツ呟《つぶや》きながら、美紀に服を宛がっては外すを繰り返す。

「できれば派手じゃないものを……」

美紀は一応それだけ注文した。

「うん、アンタは日焼けしやすそうだから、このくらいしっかりしたのを着た方がいい」

アニエスは最後にそう言って、膝下までのロング丈のものを美紀に渡した。色や柄は、どちらかというと可愛らしいデザインだ。色違いのベールも数枚渡される。

「着替えておいでよ」

アニエスに促《うなが》され、試着室に入れられた。

特に着方が難しい服ではないので、美紀は早速着替えた。布の肌触りがよくて、チクチクしたりしない。ベールもゴワゴワ感がなかった。

着替え終えたら、試着室にある鏡で自分の姿をチェックする。雰囲気が、西アジアあたりの民族服っぽい。

――なんかコスプレ感があるけど、私これで大丈夫なの？

こういったデザインの服を着慣れていないせいか、美紀としては不安が残る。

試着室から出たらアニエスがいなかったので、ジョルトの待つところまで戻る。

「着替え終わったんだけど……」

美紀は飾られている服の間から、恐る恐る顔を出す。すぐに気付いたアニエスが、美紀に近付く。

「隠れることないだろう？」

美紀の不安をよそに、アニエスは背中を押してジョルトの前に出した。つんのめりながら間近に来た美紀を、ジョルトはマジマジと見つめる。

「似合わない？　やっぱりおかしい？」

モジモジしている美紀を、ジョルトが抱き寄せた。

「なかなかいいじゃないか」

「……本当に？」

不安顔の美紀に、ジョルトは大きく頷く。

「少なくとも、あの派手な布に包《くる》まっているより目立たない」

「……ああ、そうね」

「なかなかいい」の基準がだいぶ違う。確かに、アルザに貰った布に包《くる》まった美紀は、周囲から浮いていたが。

「褒めるのが下手な男だね、アンタは」

二人のやり取りを見ていたアニエスが、呆れたようなため息を漏らした。そして美紀の仕上がりに満足そうに笑う。

「うん、見立て通りだよ。よく似合う」

それからアニエスの選んだ服を数着買ったところで、奥の休憩スペースでお茶を飲むことになった。

「アタシは元傭兵でね、旦那と結婚してからこの仕事を始めたのさ。だからジョルトとは昔馴染みなんだよ」

アニエスが笑って自己紹介をしてくれた。なんとジョルトの仕事仲間だったとは。確かに戦う姿が似合いそうな女性だ。

この服飾店の主《あるじ》は、アニエスの夫である鼠族の男性だという。鼠族は手先が器用なのが特徴らしい。

——鼠かぁ。ハムスター系だと可愛いかも。

美紀は己《おのれ》に都合がいいように想像しつつ、お茶を飲む。

「それにしても、ジョルトが結婚するとは驚きだよ」

アニエスが美紀とジョルトを見比べて言う。

「そりゃそうだ。俺もこの街を発《た》つ時は、結婚するとは思っていなかったからな」

そう返して笑うジョルトに、アニエスは呆れ顔だ。もしや美紀とジョルトは、獣人でも驚きの電撃結婚だったのだろうか。

——お付き合いをすっとばして結婚だもんね。

しかも身体から入ったようなものである。改めて考えてもどうなのかと思う。

自分達の馴《な》れ初《そ》めを思い返していると、アニエスがすすすっと美紀に寄ってきた。

「ミキは希少種なのかい？」

遠慮がちに、しかしズバッと聞いてくる。

「えーっと」

美紀はどう言えばいいのかとジョルトに視線をやると、ジョルトもしばし迷うそぶりを見せる。

「まあ、それくらいはいいか。そうさ、超希少種だな」

結果、ジョルトはそれだけ答えた。けれどアニエスはこの答えで満足したらしい。

「そうかい。ミキが希少種なら、街の女達も少しは気がおさまるってもんだね」

「なんだよ、そりゃ」

眉をひそめるジョルトに、アニエスがビシッと指を突きつけた。

「アンタは街の女達にとって、ダントツの夫候補だったんだよ。それがそこいらの犬系や猫系の奴を嫁にしたと聞けば、『自分の方がいいじゃないか』ってなるだろうが。けれど希少種となると『仕方ない』って諦めがつくからね」

「そんなもんか？」

ジョルトは首を傾げるが、美紀にはなんとなく分かる。憧れの人が高嶺《たかね》の花と付き合ったら納得できるけど、普通の女性と付き合われると、『自分にもチャンスがあるのでは』と思うのだ。

――そのあたりはどの世界でも同じなのか。

美紀は妙に感銘を受けた。

「なにかの時には、ミキを助けてやってくれ」

「あいよ、分かった。仲良くしておくれね、ミキ」

「こちらこそ、よろしくお願いします！」

ジョルトの頼みにアニエスは軽い調子で応じる。笑顔で片手を差し出してきたので、美紀はその手を握った。

――なんか、さっぱりした人かも。

アニエスはアルザに似ている気がして、気持ちがほぐれる。

お茶を飲み終えると、まだ寄るところがあるからとお暇《いとま》することにした。着替えた服と買った他の服は後で家に届けてもらえることになったので、美紀達は買い物籠《かご》だけを持ち市場へ向かう。

市場は美紀達と同じように、涼しい間に買い物を済ませてしまおうと考えた客でごった返していた。そしてそんな客を呼び込もうと、店員達が声を張り上げる。

市場の入り口には色とりどりの野菜や果物が並び、奥には肉屋と魚屋があった。

「わあ、賑やかね！」

キョロキョロしながら進む美紀に合わせてか、ジョルトがゆっくりと歩いてくれる。

野菜の種類は多少色が違うだけで、日本のものと大体同じだ。肉と魚も、なんの肉かは置いておくとして、色形が違ったりはしない。これなら美紀にも料理ができそうだ。

食料は、とりあえず二日分を買うことにする。あまり大量買いすると、気温が高いので傷《いた》むのだ。

「ミキ、どこに行く?」

「んー……まずは野菜かな」

「分かった」

ジョルトに案内されて八百屋に行くと、声をかけられた。

「聞いたぞジョルト、その小さいのが嫁だって?」

嫁という台詞《せりふ》を聞いて顔を上げると、そこには髭《ひげ》もじゃな男性の顔があった。頭には茶色く丸い耳があり、雰囲気がまさに熊っぽい。

「おう、よろしくな」

ジョルトは気さくに応じて、美紀の肩を抱き寄せた。

「白虎の嫁だって?」

「なに、今来ているのか!」

ジョルトの嫁の噂は瞬《また》く間に広まったらしく、いつの間にか大勢に囲まれていた。

――なんで皆、こんなに集まるの？

アニエスからジョルトが街の女性達からモテていたことを聞いたが、それにしてもこんなに注目されるとは思わなかった。

「ちっさいな」

「弱そうな種族だな」

「噂は本当だったのか、女達が泣くぞ」

集まった人達に色々言われたものの、寄る店全てから新婚祝いでたくさんオマケを貰ってしまった。

「気のいい連中だから、これから安心して買い物できると思うぞ」

すっかり重くなった籠《かご》を手に、ジョルトが言う。

「ふふ、そうね」

動物園のパンダになった気分がしなくもないが、少なくとも悪意のある視線や口調は感じなかった。

――慣れたら一人で買い物に来られるかな？

美紀はホクホク顔で市場を歩く。

この時の美紀は、露店の陰からこちらをじっと見ている視線に気付かなかった。

それは市場という場にそぐわぬドレスを着た娘で、美しい銀色の三角耳と毛足の長い尾を持っている。その見事な銀の毛並みを、そばを通る人々が珍しそうに眺めているが、娘の視界に入ってはいない。

「あれが白虎様の嫁だっていうの？　何族かも知れない女が？　そんな馬鹿な話って……」

悔しそうに唇を噛み締める娘の声は、市場の賑わいにかき消されていった。


暑くなる前に帰宅して昼食を軽く済ませた後、少し昼寝をして暑さのピークを凌《しの》ぐ。

それから起きたら、いよいよ風呂の準備だ。

「掃除するわよ！」

「張り切っているな、ミキ」

モップを片手に握り拳を作る美紀に、ジョルトが苦笑する。

まずは保温槽に入れるお湯を沸かすことから始める。だがこれが、日本のようにスイッチ一つで火がつくわけではない。

薪《まき》や木くず、人糞《じんぷん》を乾燥させたものに火打石で火をつけるのだ。

日本での生活に比べると不便だが、虎人の里では薪《まき》作りから始めるので、街では燃料が売っているだけマシである。

湯を沸かす間に、ジョルトにも手伝ってもらって浴槽をピカピカに磨き上げる。よくよく聞けば、なんとジョルトは大抵水浴びで済ましてしまい、あまりこの風呂を使ったことがないという。道理で水垢《みずあか》で汚れていないと思った。

——もったいない、すっごくもったいないわ！

これからはぜひ、美紀がこの広い風呂を活用していきたい。

風呂掃除が終わってしばらくすると、気温が高いこともあり、案外早くお湯が沸いた。

早速、浴槽に湯を張り始める。

——久しぶりのお風呂だわ、楽しみ！

こうして風呂の準備に夢中になっていると、キッチンからいい匂いが漂《ただよ》ってきた。慌てて覗いてみると、そこではジョルトが夕食を作っていた。しかももう仕上がる寸前である。

「……食事の支度、忘れてた」

美紀が食事を作ると言い出して、買い出しまで付き合わせたのに、肝心の作業をジョルトにさせてしまった。

——要領が悪いな、私って……

美紀が反省していると、それに気付いたジョルトがキッチンから出てきた。

「簡単なものだが、作っておいたぞ」

「ありがとう……」

優しいジョルトに、美紀は顔を向けられず俯《うつむ》く。その様子を見て、ジョルトが眉をひそめた。

「なにを落ち込んでいるんだ？　あれだけ楽しみにしていた風呂に入るんだろうに」

「……食事、私が作るって、言い出したのに」

美紀の呟《つぶや》きを聞いて、ジョルトが抱き寄せてきた。料理の美味しそうな匂いが服から香る。

「馬鹿だな、こんなのは手の空いた方がするんだよ」

「でも……」

ずっとジョルトに甘えてばかりで、なんの役にも立てていないのに。どうして自分は段取りよくこなせないのだろう。

『加納って、意外と不器用なんだな』

以前、がっかりした顔で言われた台詞《せりふ》が、美紀の脳内で繰り返される。なんでもできそうな見た目なのにと、そう何度言われただろうか。

どうしようもなく気持ちが沈む美紀の額《ひたい》を、ジョルトが指で弾いた。痛さのあまり涙目で見上げると、ジョルトは優しく微笑んでいた。

「ミキはちゃんと頑張っているだろう？」

「……全然、頑張っていないわ」

頑《かたく》なに首を横に振る美紀の頬を、ジョルトが両手で包んだ。

「頑張っているさ。あの付き合い辛い虎人の里の連中と仲良くやれていたし、旅の間の食べ物にも文句を言わなかった。これがプライドの高い奴なら、すげぇ我《わ》が儘《まま》を言っただろうよ」

ジョルトが美紀の目を見て、言葉を重ねる。

「ミキ、もっと自分を褒めてやれ」

美紀は面倒な押しかけ女房みたいなものなのに、ジョルトはちゃんと見てくれていて、認めて励ましてくれる。

「私って、駄目な嫁じゃない？　ちゃんとやれてる？」

「ああ。十分だ」

今までの恋人達で、こんなことを言ってくれた人はいただろうか？

つい最近フラれた恋人は、親密な付き合いだと思っていたけれど、結婚をちらつかせた途端に若い後輩へ浮気されたのだ。

そういえば、高級レストランに連れていかれたことはあっても、自宅で手料理を求められたことはない。それどころかお互いの家に泊まったことすらなく、朝まで過ごす場合はいつもホテルだった。

つまり元恋人は、そこまで真剣に美紀と付き合っていなかったのだ。

——略奪されたんじゃなくて、元から愛されていなかったのか……

容姿の優れた美紀を隣に並べて自慢したいという、コレクション程度の気持ちだったのかもしれない。

けれど、そんな過去はもう捨てる。今目の前にいる、美紀を嫁だと言って大切にしてくれる人を大事にするべきだろう。

美紀は俯《うつむ》いていた顔をぐっと上げる。

「私、嫁を頑張るから！」

「だから、ボチボチ頑張ればいいからな」

美紀の決意に、ジョルトが頭を撫でた。

反省して気持ちがおさまったところで、夕食をとることにした。

　ジョルトが用意してくれたメニューは、ヨーグルトの酸味がきいたスープに焼いた肉とチーズ、パンだった。このヨーグルトスープは家庭でよく作るものらしく、味がまろやかで暑さで弱った胃に優しい料理だ。

　――いわゆる家庭の味ってやつなのね。

　いつか作れるように味を覚えておこうと、美紀はゆっくりと味わって食べる。

　夕食が終わると、いよいよ風呂だ。ジョルトと二人で浴室に入り、先に洗い場で身体を綺麗にする。その際、美紀はジョルトの髪を洗ってあげた。

　髪を石鹸《せっけん》で泡立て、耳の後ろの毛並みもそっと洗う。時折耳が水を弾くためにピルピルと動くのがたまらなく可愛い。

　お互い泡を流すと、いよいよ浴槽に入る。足のつま先からゆっくりと入り、肩まで浸かったところで思わずため息が漏れた。

「極楽ぅ～」

　温《ぬる》めのお湯に調節しているため、外から吹き込む風と相まって心地よい。

　続いてジョルトも入ってきたが、こちらは浴槽に身をザブンと一気に沈める。

「ふはぁ～」

　そしてやはり声が漏れた。身体の大きなジョルトが湯に浸かれば、広い浴槽も普通サイズに見える。

「ほらミキ、こっちだ」

浴槽を広く使うため、ジョルトは美紀を後ろから抱える体勢をとる。

「沸かすのが面倒だから家の風呂を使ったことはなかったが、なかなかいいもんだな」

そう言って満更でもない顔をするジョルトが、湯から尻尾を出してパシャンと水を弾く。その水飛沫《しぶき》が美紀の顔にかかった。

「こら、悪戯《いたずら》して！」

美紀が水面を泳ぐ尻尾を捕まえ、濡れた毛並みをモフモフする。すると後ろから小さく笑い声が聞こえた。

「ミキは本当に俺の尾が好きだな」

「そうね」

頷いた美紀が尻尾の先にチュッとキスをすると、尻尾が湯の中でピンと立った。

「こら、尾は敏感だと言っただろう？」

背後からぎゅっと強く抱きしめたジョルトが、胸を揉んできた。

美紀がビクンと身体を跳ねさせ、お湯が大きくザブンと揺れる。

「お返しだ」

ジョルトに耳元で囁《ささや》かれ、美紀も負けずにやり返す。

こうして悪戯《いたずら》合戦が始まり、昨日と同じパターンになってしまった。風呂から上がった時には美紀は体力の消耗と湯あたりで、息も絶え絶えになる。

癒《いや》されるはずの風呂で疲れるなんて、本末転倒だと美紀は思った。

第四章　トラブルは避けても寄ってくる

美紀とジョルトが結婚したといっても、このあたりでは日本での結婚式のようなイベントはないという。せいぜい新郎新婦の友人知人を集めて宴会をするだけで、あとは役所に書類を提出して終わりだ。

その書類もそれぞれの名前と出身地を書くだけ。出身地でおおよその種族が分かるから、ということらしい。

美紀は出身を『虎人の里ハビル』と書いて提出した。あの里は特殊なので、ちょっと奇妙なことがあっても『虎人の里だから』で済むのだという。虎族と容姿が違うが、そこは希少種だからで押し通すつもりだ。

美紀とジョルトは役所に書類を提出しただけで宴会などは開いていないが、ジョルトの両親に結婚報告の手紙は送った。この世界に日本のような郵便システムはなく、傭兵や旅人に手紙を預けて運んでもらう。なので手紙を送る方面に向かう人を待つことがあるので、届くまでにかなりの時間を要するという。

白虎族の暮らす場所は遠いらしく、返事が来るのはだいぶ先だろうとジョルトに言われた。

ガルタの街へ来て以来、美紀はジョルトと一緒に家でのんびりと過ごしている。

「仕事は？」と尋ねると、「しばらく休む」という答えが返ってきた。傭兵は体力を使う仕事でもあるし、休める時に休むことが必要なのだろう。

ジョルトがのんびりするのはいいとして、美紀はこれからどうやって暮らしていくか、改めて考えることにした。

ジョルトは「ミキを養う金くらいある」と言ってくれるが、美紀は働きたいのだ。でないとジョルトが仕事を再開した時、たぶんやることがなくて暇になる。

――だって、二人暮らしの家事なんてすぐに終わるもの。

となると働き口を探すことになるが、美紀に経験のある仕事は事務仕事のみ。だがこれには落とし穴があった。

「……字が読めない」

ジョルトが買ってきた新聞を見て、美紀は愕然《がくぜん》とした。ハンナの呪術は、読み書きには適用されないらしい。

――こればかりは、勉強あるのみか。

美紀はがっくりと肩を落とす一方で、あの無理をしていた職場での日々が遠ざかり、ホッとしてもいた。

しかしそうなると、美紀はこれからなにを仕事にすればいいのか。浮かぶ選択肢は一つしかない。

「……マッサージ、とか？」

日本ではマッサージを仕事にするには資格を取らねばならないため、美紀は断念した過去がある。だがここは異世界なのだから、資格云々は関係ない。

——もう一度、夢を追ってもいいの？

ある夜、美紀は風呂上がりのマッサージタイムの際に、ジョルトに聞いてみた。

「ねえジョルト、マッサージって他の獣人にも喜ばれるかな？」

ジョルトはうっとりとした表情で尻尾を揺らしながら答えた。

「気持ちいいから、皆これを好きになると思うぞ」

マッサージという文化がないので最初は奇妙に思われるだろうが、一度経験すればきっと病《や》みつきになると、ジョルトにそう太鼓判を押される。

「……そっかぁ」

美紀はジョルトの背中を撫でながら、頬を緩《ゆる》める。

誰憚《はばか》ることもなく、負い目に思うこともない。要は美紀の気持ち一つなのだ。

――ようし、やってみよう！

そう決心すると、途端に心が軽くなるのが分かる。諦めて年月が経ったが、やはり美紀はマッサージが好きなのだ。

しかし凝《こ》っていた学生時代と比べて、ここ数年は自分へのツボ押しくらいしかしていない。まずはマッサージの知識を記憶の中から掘り起こすことから始めなければ。

この日から美紀はマッサージの復習と文字の練習に励むこととなった。

そうして毎日が過ぎ、街での暮らしに慣れてきた頃。

「外に出る時は、これを必ずつけていろ」

ジョルトがそう言って渡したのは、白い糸に黒い糸を編み込んだブレスレットだった。

「これなに？」

艶《つや》やかな手触りのブレスレットを撫でながら、美紀が聞く。

「俺とミキの髪だ」

「……は？」

この答えに、美紀は一瞬固まる。糸ではなく、ジョルトの白い髪と美紀の黒髪で編んだものだという。髪の毛を採取されていたことに美紀は全く気付かなかった。

――髪の毛って、なんか呪いのアイテムっぽいんだけど……

美紀が不安な顔をしているのに気付いたのか、ジョルトが説明してくれた。

「獣人が自身の髪の毛や、獣体の毛並みを使って作った装身具は一般的なものだ。夫婦や恋人同士で贈り合うことも多いぞ」

ジョルトの気配を強く持つ髪の毛製のブレスレットなので、よからぬ者を撃退する効果は抜群だという。普通に生活していると忘れがちだが、美紀は超希少種の人間だ。防犯対策は入念にということだろう。

「アニエスの店で作ったんだぞ、それ」

「そうなんだ……」

というわけで、美紀は早速ブレスレットをつけて市場を歩いてみた。すれ違う人達は、不思議そうな顔をする者と、慌てて距離を取ろうとする者とに反応が分かれる。前者は弱小種っぽい美紀から強い気配がすることに違和感を覚えた獣人で、後者はその強い気配に無条件で怯《おび》える弱小種だろう。

無駄に怯《おび》えさせるのは申し訳ないが、これも身の安全のためだ。

ちなみに、美紀が頭と尻を隠して歩いていても、皆アニエスのように追及したりしない。ジョルト曰《いわ》く、ガルタの街のような色々な種族が集まる場所では、隠そうとしている種族を探らないのがマナーなのだそうだ。なので、人間だとバレることはそうそうないだろうと思っている。

こうして市場の店を覗きながら歩いていると、声をかけられた。

「おはようさんミキ、今日はトマトが安いぞ」

「お、ジョルトの嫁じゃねえか。とれたて卵はどうだ」

あちらこちらの店から呼ばれて、美紀はその一つ一つに足を運ぶ。

「これで美味いものをジョルトに食わせてやんな」

「ありがとう!」

「お嬢さん最近よく見るね、お茶でもどう?」

肉屋で新鮮な赤身肉を買っていると、店員の若い男性が美紀に興味を示した。

「こら、嫁に悪戯《いたずら》をするとジョルトに殺されるぞ」

「げ、確かにジョルトさんの匂いがする⁉」

店主がそう言うと、事情を知らなかったらしい店員は青い顔をして奥に逃げ、周囲にどっと笑いが起きる。

買い物タイムは、美紀にとって楽しい時間であった。

――でもなんか、時々視線を感じるのよね……

近頃、外を歩いていると誰かに見られていると思うことがある。ジョルトの嫁という時の人故《ゆえ》だろうが、かといって視線に付きまとわれるのは気分のいいことではない。

——まあ、ジョルトのブレスレットがあれば、なにかあっても大丈夫でしょ。

そう考えた美紀は、視線について深く考えずに受け流してしまった。

翌日、美紀はいつものように市場を物色して回る。

「お、今日はナスが安い」

店先の野菜を手に取っていると、通りの向こうにやたらキラキラした毛並みが見えた。しかも他の買い物客がそちらを見てヒソヒソと話している。

——なになに？

野次馬精神がうずいた美紀は、そのキラキラした毛並みを見物に行く。

「うわ……」

そこにいたのは、銀の毛並みの猫耳と尻尾を持った小柄な女性だった。周囲の買い物客と違って豪奢《ごうしゃ》な出で立ちをしていて、いかにもお嬢様っぽい。そのお嬢様の隣に立つ女性が日傘をさしているため、混み合う通りのそこだけぽっかりとスペースが開いている。

市場の店を眺めるでもなく、静々と歩いている二人組は、はっきり言って周囲から浮いていた。

――なんか、ペルシャ猫みたい。

毛並みもそうだが、顔立ちも釣り目気味でツンとしていて、気位が高そうに見える。

そうやって観察していた美紀だが、ふいにその猫族の女性と目が合った。すると、彼女の綺麗な銀色の尻尾が、毛を逆立ててブワッと膨《ふく》らむ。

――あー、またか。

弱小種がジョルトの匂いに反応したのだと思い、美紀は苦笑する。しかし……

「そこのお前！」

いきなり彼女が美紀をビシッと指さした。

「え、私？」

突然の事態にきょとんとした美紀に、周囲の野次馬達が注目する。

「おいあれ、ジョルトの嫁じゃねえか？」

「マズいだろう、これは」

途端にざわつく周囲をかき分けて、彼女が目の前までやってきた。

「白虎様に纏《まと》わり付いて迷惑をかけるなんて、この私が許しませんからね！」

「……は？」

間抜け顔の美紀に、猫族の女性は眉間に皺《しわ》を寄せる。

「お優しい白虎様のことだから、弱小種に力を振るうのを躊躇《ためら》われるのでしょう。けれど！　私は白虎様ほど優しくありませんわ！」

「えーと……」

「しかるべき手段でお前を排除して、白虎様を救い出しますから！」

「……はぁ」

相槌を打つしかできない美紀に、彼女は満足したのか「覚えてらっしゃい！」と言い捨て、お供の日傘持ちを連れて去っていった。

残された美紀は、ポカンとするしかない。

「なんなの、アレは……」

一方的にまくし立てられたが、あれは喧嘩を売っていたのだろうか？

首を捻《ひね》る美紀に、隣にいた人が声をかけてきた。

「えらいのに絡まれたな。あの嬢ちゃん、普通ならこんな市場に来やしないのに、最近ちょいちょい見るなと思ってたんだ」

すると反対隣のおばさんが、やれやれという調子で言葉を続ける。

「ありゃきっと、アンタに文句を言おうと張ってたんだよ。あの娘がジョルトに熱を上げているのは、有名な話だからねぇ」

なんと、美紀が彼女に気付かなかっただけで、ニアミスをしていたようだ。

――え、私あんなのに待ち伏せされてたの？

だとすると最近感じていた視線は、もしや彼女のものだったのだろうか。

美紀はこの件をジョルトに話すべきか迷ったが、具体的になにをされたわけでもないのだ。

――女の争いに巻き込むのも、なんか可哀想よね。

なので、結局黙っていることにした。

一方のジョルトは、街にある傭兵仕事の斡旋《あっせん》所に、三日に一度くらいの頻度で出向いている。色々な情報が入るので、休みでもそれを確かめに行くのだという。

その日も朝から斡旋《あっせん》所に行っていたジョルトだったが、渋い顔で帰ってきた。

「断れない筋からの依頼で、明日から仕事に行ってくる」

ダイニングルームでお茶を飲みながら、ジョルトが告げた。

「え、明日から？　急に？」

あまりに突然のことに、美紀は驚く。

ジョルトは「新婚だからしばらくは働かない」と宣言していたのに、そこをゴリ押しして指名してきた客がいるらしい。

「危ない仕事なの？」

「いや、ただの護衛依頼で、ついていくだけの退屈な仕事だ」

ここから少し離れた大きな都まで行く仕事だという。普通に進めば、往復で二週間はかからないらしい。整備された広い道を通っていくため、危険なことなど滅多になく、本来なら新人に経験を積ませるために宛がう仕事だそうだ。

それが何故、ジョルトを指名してきたのかというと――

「……もしかして、女？」

ピンときた美紀に、ジョルトが大きく息を吐く。

「その通りだ、面倒なことに」

美紀の脳裏に浮かんだのは、市場で喧嘩を売ってきた猫族の女性だ。そういえば名前を知らない。

――しかるべき手段って、これのこと？

彼女の言う『白虎様を救う』とは、略奪愛を指すのか。

希少種はとてもモテるという話を何度も聞いた。ジョルトはアプローチの全てを無視していたらしいが、それでも諦めない女性はいるものだ。ジョルトが結婚したという噂を聞いて、いてもたってもいられなくなったのか。

——なぁんか、嫌な流れ。

恋人に横恋慕をされるのは、美紀の過去の恋愛経験でよくあるパターンだ。気持ちが落ち込んで暗くなりそうだったが、美紀は己《おのれ》に活を入れる。

——昔を引きずらないって決めたんだから。

美紀は絨毯《じゅうたん》の上でジョルトににじり寄る。

「あのねジョルト。きっかけはアレだったかもしれないけど、私はちゃんとジョルトが好きよ」

ムギュッとジョルトの尾を握りながら、美紀は言った。

結婚の始まりは美紀の迂闊《うかつ》な行動だった。だが、ジョルトはそんな美紀を責めたりはせず、いつでも優しく接してくれた。本当の自分を認めてくれるジョルトを、美紀は心から大切に思っているのだ。だから、今までのように略奪されて終わるのは嫌だ。

「だから浮気はしないで、ちゃんと帰ってきて」

想いを込めてジョルトの目をじっと見ると、ニヤッと笑われた。

「うれしいね、俺だってミキが好きだぞ。アンタは白虎がどうのと一言も言わないし、一緒にいて楽しいからな」

美紀をぎゅっと抱きしめたジョルトが、耳元で囁《ささや》く。それは美紀がジョルトに抱く思いと似ている気がする。

――ジョルトも私みたいに、コンプレックスがあるのかしらね。

希少種であることは大変なのだろう。だから耳と尻尾を隠す獣人だっている。

美紀とジョルトは、案外似た者同士だったのかもしれない。そう考えてふふっと笑った美紀を、ジョルトが抱いて立ち上がった。

「じゃあ相手がこっちに手を出す気になれないくらい、ミキの匂いをプンプンさせていこう」

「いや、そこまではしなくていいかな……」

その言葉に思わず尻込みする美紀をよそに、ジョルトは寝室へ向かっていく。

というわけでまだ日も高いうちから夫婦の営みを始めることになってしまい、美紀は自分の発言を後悔した。

夕食時にはろくに動けなくて『あーん』で食べさせられるという羞恥《しゅうち》プレイまで味わった。

もっと穏やかな状況に誘導できなかったのか、あの時の自分は。

エッチのし過ぎで死ぬかもしれないと思ったのは、人生初だった。


翌朝。美紀は仕事に出るジョルトを玄関まで見送りに行こうとしたが、ベッドから起き上がることすらできなかった。

「行ってくるから、そっちも浮気せずに待ってろよ？」

「大丈夫、そんな気持ちも体力もないから」

寝たままの美紀に、ジョルトは口づけを落として仕事に出ていった。

美紀はベッドから窓越しにジョルトの後ろ姿を見送り、ため息を吐く。

「はあー、しばらく一人かぁ」

異世界に来て、なんだかんだで一人になるのは初めてかもしれない。

——ちょっと寂しいかも。

しんみりした気分と体調が相まって、その日はベッドの上から動けず、ジョルトが事前に用意しておいてくれた食事をモソモソと食べて過ごす。

二日目になると、ようやく動けるようになった。家の中の掃除と買い物をした後、昼からは暇になったので文字の練習をする。

そして三日目の今、美紀はぼうっとしていた。

「……することがない」

ジョルトがおらず夜一人で寝るということは、当然夫婦の営みもオヤスミだということだ。下半身の怠《だる》さから解放され、活動できる時間が増えた美紀は、自然と暇を持て余すことになってしまった。

遅くても半月くらいで帰ると彼は言っていたが、その間なにをして過ごせばいいのか。マッサージの復習と文字の練習も、ずっとしていれば飽きる。

朝起きて一人きりの部屋や、一人で食べる食事、一人で入る風呂――今まで当たり前にしていたことが、全て寂しい。日本ではずっと一人暮らしをしていたのに、家の中に一人でいることが、こんなに寂しいと思うのは初めてだ。

自然とため息が零《こぼ》れた、その時。

「おーいミキ、いるのかい」

外から声がした。

――この声、アニエス？

耳を隠すベールを被って急いで玄関に行くと、そこにはアニエスが立っていた。

「ジョルトから仕事でいない間の様子見を頼まれてね、遊びに来たんだ。暑いから入れとくれよ」

にこやかに手を振るアニエスの足元に、小さな黒い影がある。視線を下に向けた美紀に、アニエスが笑った。

「これ、アタシの子供達」

それは黒い子豹で、背中に茶色くて丸っこい鼠を載せていた。しゃがんで間近で見ると、子豹が美紀の足に前足をかける。まだ柔らかい肉球の感触が、足に当たった。

「可愛いぃぃい！」

「鼠の方がお兄ちゃんなんだよ。二人ともまだ人の姿になれなくてね」

なんと、小さい方がお兄ちゃんだという。

「お兄ちゃんも可愛いわね！」

目をキラキラさせる美紀に、アニエスもうれしそうだ。

「だろう？　赤ん坊っていうのは、どの種族でも特別可愛いものさね」

アニエスが子供達を抱き上げると、美紀の腕の中に下ろした。

「フワフワ、柔らかい！」

子豹は子虎とまた違った手触りだ。お兄ちゃん鼠は、カピバラとハムスターを合わせたような顔立ちで、愛嬌たっぷりの姿である。

いつまでも玄関にいるわけにいかないので、美紀達はダイニングルームへ移動する。

そしてアニエスが手土産《みやげ》に持ってきた焼き菓子を囲んで、お茶の時間となった。

「ほら、キミ達はこっちね」

子供達にも別の皿にお菓子を盛ってやると、うれしそうに齧《かじ》っている。その姿が可愛くて、美紀はつい撫でてしまう。

その様子を眺めながら、アニエスが愚痴り始めた。

「最近ずっと忙しかったんだよ、全く……」

なんでもオーダーメイドの注文を大量にしてきた客がいて、夫婦でやっと捌《さば》ききったところなんだとか。その息抜きを兼ねて、美紀の家を訪問しに来たらしい。

「ちなみにその客、今回のジョルトの依頼人だよ」

美紀は子供達を撫でていた手を止めた。

「……その依頼人って、銀色の猫族の女の子だったりして」

「そうさ、どっかで見たことあるのかい？」

――やっぱり！

アニエスにあっさり肯定され、美紀はため息が出そうになる。そしてつい、この前市場で喧嘩を売られたことを話した。

「あのお嬢様、モネットっていうんだけど。『白虎様を婿にするんだ』ってずっと言い続けているからねぇ……」

それはもう筋金入りの執着心だという。だとすると、休みのジョルトに依頼を強要してきたのも納得だ。

――お金を積んでゴリ押ししたのか。

ジョルトが嫌がりそうなやり方だ。美紀から離して、自分を選ぶよう迫るつもりだろうか。ああ言ってジョルトを送り出したものの、やはり不安になる。

ズーンと暗くなる美紀を見て、アニエスが苦笑した。

「そう心配しなさんなって。アイツは浮気するような男じゃないよ」

「そう、かな……」

そう信じていた恋人に浮気されたことが、過去に複数回あるのだが。昔を思い出してさらに暗くなる美紀の背中を、アニエスがバンバンと叩いた。

「ジョルトの奴が交尾した女は、アタシが知ってる中じゃミキだけさね。今まで浮いた話が全くなかったからね～。ジョルトを狙う女だけは大勢いたけどさ」

それらに全く振り向きもしない孤高の白虎、それがジョルトらしい。

――なんか、私が持ってるジョルトのイメージと違うんだけど。

毎夜盛ってくるジョルトの姿が、孤高の白虎と結びつかない。首を傾げる美紀に、アニエスが大笑いした。

「ははっ、いいじゃないか。ミキだけが知るジョルトがいるなんて最高さ」

「……そうかも」

アニエスのおかげで、気分が浮上した美紀は笑顔を返す。

「大体ミキ達は、どうやって知り合ったんだい？」

どの世界の女性も、恋バナは好きらしい。

「えーと、ちょっとした事故で密林で迷って、虎人の里に保護された時、ジョルトに会ったというか……」

異世界から来たというくだりをなんとかボカして伝える。

「ああ！　いつだったか、珍しく虎人の里の奴が街に来たと思ったが、ミキが関係していたのか」

アニエスが言うには、虎人の里の男性がこの街に来たのは、美紀がジョルトに会う少し前。最初にジョルトに会った時、依頼で来たと言っていたので、この虎族の男性は美紀のことを相談するために動いてくれた人なのだろう。

――そうよね、電話もメールもないんだから、人が走って呼びに行くしかないのよね。

美紀一人のために労力を割《さ》いてもらったことに、今更ながらに気付く。それなのに虎人の里の住人達に、十分お礼を言って出てきただろうか。自分のことに精一杯で、周りが見えていなかった気がする。

——いつか、ちゃんとお礼を言いに行こう。

今後の予定として胸に刻んだ。

美紀が心の中で反省していると、アニエスがニンマリ笑った。

「それで、なにがきっかけで結婚になったんだい？」

「え、そりゃ、なんていうか、ものの勢い、というか……」

口の中でゴニョゴニョ呟《つぶや》く美紀に、アニエスが目を光らせる。

「もしや、ジョルトに押し倒されていつの間にか『うん』と言わされたとか？　そんな強引な求婚だったら、私がちょっとお仕置きしてやるけど」

「や、違うよ！」

両手をワキワキさせながら告げるアニエスに、美紀は慌てて首を横に振った。どちらかと言えば、先にやらかしたのは美紀だ。獣人にとって、敏感な場所である尻尾を握るという暴挙を犯して。

——あれ、ひょっとして私って痴漢みたいなことをした？

よく知らない人の敏感な場所に無断で触れることは、まさしく痴漢行為と言えるだろう。

顔を赤くしたり青くしたりと忙しい美紀を、アニエスは意味ありげな顔で見ている。

「ま、この話はそのうち聞いてみたいね」

「はは、そのうち、ね……」

背中に冷や汗をかきながら、アニエスが引いてくれてよかったと心底思った。

美紀は逆に、アニエスの夫はどんな人なのだろうと気になる。

「アニエスの旦那さんは、どんな人？」

「気の弱い男だよ、アイツは」

美紀の質問にアニエスがカラカラと笑って、二人の馴《な》れ初《そ》めを語ってくれた。

傭兵をしていた頃のアニエスは、そこそこ強くて名の知れた存在だったそうだ。そんなある日、路地裏で狼族に絡まれている鼠族の男性を助けた。それが現在の夫だそうだ。

「大きな商家からの依頼の服を、納期ギリギリで仕上げて届ける途中に襲われたらしくてね。殴られてボロ雑巾のようになっていたところに、アタシが偶然居合わせたのさ」

仕上げたのは一人娘のお嬢様の婚礼衣装。お嬢様の結婚を邪魔したい者がいて、衣装が届くのを邪魔しようとしたらしい。

鼠族の男性は恐怖のあまり大きな声を出すことも逃げることもできず、ただ震えていた。けれども自分がどんなに殴られても、婚礼衣装だけはお腹に抱えて守り抜いたのだ。

「弱小種ながら、あの勇気は大したもんだよ」

その時のことを思い出したのか、アニエスが微笑む。

騒ぎに気付いたアニエスがちょっと脅すと、狼族は這《ほ》う這《ほ》うの体《てい》で逃げていった。何度も感謝を述べる鼠族の男性が心配で、結局届け先まで送ったそうだ。

それで終わりかと思っていたが、その鼠族の男性は再びアニエスの前に現れ、助けてくれたお礼だと言い服を贈った。

「アタシは傭兵で、男みたいな格好しかしていなかったんだよ？　それなのにアイツときたら……」

男勝りな生活をしていたアニエスが今まで見たことのない、実に女性らしいデザインの服だった。こんなものは似合わないと断ったアニエスだったが、『あなたをイメージして作った服が、似合わないはずがない』と言われ、着てみせるまで帰らなかったという。

「うわぁ、うわぁ！　素敵、情熱的！」

「変な男だろう？」

頬を赤らめて聞き入る美紀に、アニエスが肩を竦《すく》める。

鼠族の男性を帰らせるには着るしかないと、アニエスは渋々受け取って身につけた。するとこ、存外着心地がよくて動きやすい。これはいいと、有り難く受け取ったのだそうだ。

「それからちょくちょく、服を贈られるようになってね。これはどう考えたものかと悩んでいたら、求婚されたのさ」

「へぇー……」

――これよ、こういうロマンチックさが欲しいのよ！

その場の勢いだった美紀達とは大違いだ。やっぱり自分達は結婚の仕方がおかしい。痴漢がきっかけで結婚するとか、どんな痴女だろうか。

アニエスと話をして、美紀の結婚がいかに常識外れだったかを痛感する。せめて新婚の間に、少しでもロマンチックの枠に入る努力をしたい。

「アニエスと話して、すごく勉強になったわ」

美紀が真面目にお礼を言うと、アニエスは「ふうん？」と呟《つぶや》く。

「ま、夫婦は人それぞれさね」

そして彼女はカップに残っているお茶を一気に呷《あお》った。

「ミキと話して、久しぶりに楽しかったよ。最近ずっと仕事ずくめで、身体が固まっちまっていけないね。草原を思いっきり走りたいよ」

アニエスが零《こぼ》すのを聞いた美紀は、閃《ひらめ》いた。

——これは、私の出番じゃない？

仕事の疲れや凝《こ》りに、マッサージはピッタリではないか。

美紀は彼女の手を取って迫った。

「アニエス、マッサージしよう！」

「なんだい、いきなり」

マッサージを知らないアニエスは訳が分からず首を傾げる。けれど獣人もマッサージが気持ちいいことは、ジョルトで証明済みだ。

「マッサージは身体を押したり撫でたりしてほぐしていく、気持ちいいものなの。ジョルトも毎日するし、オススメよ！」

美紀のセールストークにアニエスはなおも疑問顔だったが、『ジョルトも毎日する』という台詞《せりふ》に興味を惹かれたらしい。

「それじゃあ、お願いしてみるよ」

アニエスがそう言って頷いた。

——ジョルト以外のお客さん第一号だ！

思わずうれしくなった美紀は、早速アニエスに絨毯《じゅうたん》の上にうつ伏せになってもらう。

「触るよ」

一言断って、アニエスの背中を撫でながら確かめる。服飾店という仕事柄か、肩回りの筋肉がだいぶ張っている。

——放っておくと慢性的な肩凝《こ》りになるわね。

首から肩甲骨《けんこうこつ》に向けて凝《こ》りをほぐしつつ、全身の血行がよくなるようにマッサージをする。

そんなことをしていると、子豹が『なにしてるの？』と言わんばかりに寄ってきた。

その姿を見て、美紀はふと思い付いた。子豹の重さが、マッサージに丁度いいかもしれない。

「ね、お母さんの背中に乗ってみて？」

「ミャウ？」

子豹が素直に乗ったので、美紀は背中をゆっくり歩くよう促《うなが》す。

「フミャ、フミャッ！」

子豹は感触が楽しいのか、フミフミしながらご機嫌である。

「気持ちいい？」

「おお、これいいね」

子豹の肉球マッサージがことのほかいいらしく、アニエスの黒い尻尾がユラユラと揺れた。

美紀はマッサージ初心者にあまり長時間するのもよくないと思い、短時間で終える。

「お、おお？」

起き上がったアニエスが首を動かしたり、肩をグルグルしたりして、調子を確かめる。

「すごい、上半身が軽い！」

血行がよくなったためか、顔色も明るくなっていた。

「これがマッサージです！」

得意気な顔をする美紀の前では、子供達がうれしそうなアニエスの周りをグルグル回っている。

マッサージが終わったら、お茶を飲んで水分補給だ。

「今度、旦那も連れてきていいかい？」

なんでもアニエスの夫も、同様の症状に悩まされているらしい。

「今暇だから、時間つぶしは大歓迎よ」

なにせ美紀は、明日もなんの用事もないのだから。

そして翌日、本当にアニエスの夫がやってきた。

「あの、お邪魔します……」

「ほら、シャキッとしなよ」

「そんなこと言われても……」

アニエスに背中を押され、オドオドとした様子で挨拶をするのは、彼女の夫のメルだ。年齢は美紀と変わらないらしい。茶色の鼠耳と細く短い尻尾があり、身長はアニエスよりも低く少々小太りだ。

「初めまして、美紀です」

笑顔で挨拶するも、やはりオドオドするばかり。

――私、なんか怖い？

自分になにか威圧的な要素があるのかと、服装などをチェックする美紀に、アニエスが苦笑した。

「ミキが悪いわけじゃないから安心しな。ほら、アンタもいつまでそうしてるんだい。ジョルトは家に上がるくらいでとって食ったりしないよ」

そう言ってメルを小突くと、彼はモジモジと指をいじり出した。

「だって、あのジョルトの家なのに……」

美紀がではなく、ジョルトの留守に訪問するのが怖いらしい。獣人は匂いに敏感なようなので、ジョルトの匂いに反応しているのかもしれない。

——まあ、虎と鼠だものねぇ。

地球の野性動物で考えれば、捕食者と被捕食者の関係である。怖がるなという方が無理だろう。むしろ豹族のアニエスと結婚できたのが奇跡なのかもしれないが、そこは愛の力で乗り越えたということか。

「大丈夫、私に友達ができたらジョルトは喜ぶわ」

メルの気持ちをほぐそうと美紀が満面の笑みで招き入れると、先に子供達が駆け込んできた。

「ニャ!」

「チュー!」

「ふふ、いらっしゃい」

自分の周りをグルグル回る子豹と子鼠に、美紀は微笑む。

子供達——特に兄の子鼠が怖がらない様子を見て、メルはようやく落ち着いたらしい。

アニエスの後ろに隠れているものの、オドオドするのをやめた。

ダイニングルームまで移動して、アニエスと子供達にお茶を振る舞ったら、早速メルのマッサージだ。

うつ伏せに寝かせたメルに触ってみると、アニエスと同様にかなり肩が凝《こ》っていた。肩周りのマッサージをするものの、緊張のせいか身体は強張ったままだ。

――これじゃ効果が薄れるなぁ。

少し思案した美紀は、マッサージの方法を変えてみることにした。

まず、部屋の隅に置いてあるイスを引っ張ってくる。

「このイスに座ってください」

なにをされるのかと怖がるメルをなんとか座らせ、次に踏み台に足を載せさせる。

「よし、やりますよ?」

美紀はメルの足の裏を指で押し始めた。そう、足ツボマッサージである。

「足の裏なんかを触って、どうするんだい?」

「これも、立派なマッサージなんです」

不思議そうな顔のアニエスに、美紀はにっこり笑った。

メルの反応を見ながら、足のツボを順番に押していく。

そう強い力を込めていないのだが、徐々にメルの表情が緩《ゆる》んでくる。同じ身体を触られるのでも、足の方が緊張しないようだ。

そうしてじっくりツボ押ししていると——

「にぎゃ!?」

メルが突然悲鳴を上げた。

「あ、痛い！　そこすごく痛い！」

じったんばったんと身体を跳ねさせて、痛みをこらえるメルに、美紀は告げた。

「これは胃のツボ。胃が弱ってる証拠ですね」

「へえー、そんなことが分かるのかい。確かにあのお嬢様に無理難題を吹っ掛けられて、胃をキリキリさせていたからねぇ」

アニエスが感心したように言う。どうやらモネットの仕事が相当ストレスだったようだ。

その後も痛がったり気持ちよさそうにしたりするメルに、美紀はマッサージを続ける。

主に内臓系が弱っていると指摘すると、「酒だね」とアニエスがボソリと呟《つぶや》いた。ストレスで酒量が増えていたらしい。

適度なところで足ツボマッサージを切り上げると、メルはイスの上でクタクタになって伸びていた。

「マッサージの後は、お茶を飲むといいですよ」

そう言ってお茶を差し出すと、ヨロヨロと受け取る。

「あれ、でも、なんだか身体が軽い……」

「ほら、そうだろう？」

自分の体調に首を傾げるメルに、アニエスがうれしそうに笑った。

お茶を飲んだ後、メルはすっかり元気になった。子供達も、元気になった父親を見てうれしそうに跳ねている。

「マッサージが効いてよかった」

美紀もホッと息を吐く。アニエスの時もそうだったが、メルも少しのマッサージで効果抜群のようだ。

――獣人って、人間よりもマッサージの効果が出やすいのかな？

身体の循環とか、色々な機能が強いのかもしれない。

「ミキ、本当にありがとうね！」

アニエスが帰る際、美紀をぎゅっと抱きしめた。

弱った様子のメルが、相当心配だったらしい。

「食事は、胃に優しいものがいいよ」

美紀は笑顔でそうアドバイスして、帰っていく一家に手を振った。

——誰かの役に立つって、幸せだわ。

異世界で当たり前の真実に気が付いた美紀は、マッサージの復習により力を入れるのだった。

＊＊＊

急にねじ込まれた護衛仕事は、揉め事から始まった。

ジョルトが待ち合わせに指定されていた街の入り口に行くと、派手なドレスを着た猫族の娘と羊族の男性が言い争っていた。

「お嬢様、それはできません」

「白虎様を一緒に馬車に乗せなさいったら！　命令よ！」

「ですからそれは……」

羊族の男性は使用人だろう、低姿勢ながら猫族の娘を説得しようと試《こころ》みている。

あの猫族の娘——モネットが、今回の依頼人だ。

「しょっぱなから揉めるなよ……」

「災難だな、ジョルト」

出発前からうんざりした気分のジョルトに、声をかけてきた者がいた。

「なんだ、ガルシャもいるのか」

ジョルトは見知った相手に気安く応じる。

ガルシャは獅子《しし》族で、ジョルトと同じく傭兵だ。どちらかというと細身のジョルトに比べて、彼はがっしりとした体格の男性である。年齢は四十代後半に入っているベテランで、仕事で一緒になることが多い相手だ。

「聞いたぞ、結婚したんだってな。お前が気に入る女がいたとは驚きだ」

ニヤリと笑うガルシャに、ジョルトは深くため息を吐いた。

「新婚だから、しばらくは仕事しない気でいたんだよ、俺は」

「だから、災難だって言ったろう」

ガルシャとそんな話をしていると、ジョルトが現れたことに気付いたモネットが駆け寄ってきた。

彼女のピンと立った三角の耳と毛足の長い尾が、朝陽を浴びて銀色に輝いている。このモネットの毛並みの美しさは、遠い都にも評判が届いているそうだ。結婚相手など選《よ》り取り見取りだろうに、白虎という希少種に執着している厄介な娘である。

「白虎様、聞いてくださいな！　私に相応《ふさわ》しいのはやはり……」

輝かんばかりの笑みを浮かべてジョルトに抱き着こうとしたモネットだったが、すんでのところで留まる。

「白虎様、これは……」

こちらを見て顔をしかめた彼女に、ジョルトは口の端を上げた。

──俺の匂いが嫌なんだろうな。

今のジョルトはミキの匂いをプンプンさせている。匂いに敏感な獣人なら、どういう意味か分からないはずがない。

しかしモネットは、素知らぬ顔で注意をしてくる。

「白虎様、その匂いは護衛として私と行動を共にしていただくのに相応《ふさわ》しくありません。待っていますので、水浴びをなさってきてくださいませんか？」

モネットがハンカチで顔の下半分を覆いながら、平静を装《よそお》って告げた。羊族の男性が場を取り成そうとする前に、ジョルトはぴしゃりと断る。

「生憎《あいにく》、俺はそうする必要性を感じないな」

自分の言葉を撥《は》ねつけられ、モネットは眉を寄せた。

「ですが、一緒に馬車に乗ってもらわなくては……」

なおも食い下がろうとするのに、羊族の男性が口を挟んだ。

「お嬢様、ジョルト様が一緒に馬車に乗れば、馬が怯《おび》えて走らなくなります。それではいつまで経っても出発できません」

ジョルトのような強い種が近くにいると、馬達は走らないどころか逃げようと暴走しかねない。だから護衛の際にはそういった配慮も必要だった。

「なによ……！」

モネットは自分の要望が聞き入れられないことに癇癪《かんしゃく》を起こして、羊族の男性に手を振り上げる。

だがその手をガルシャが掴んだ。

「そういうこった。さあいい加減に馬車に乗れ。でないと放り込むぞ」

そう告げると、ガルシャは襟首を持ってひょいとモネットをつまみ上げた。

ぞんざいに扱われたモネットは顔を赤くする。

「なっ、無礼な！　こんな男はクビにして！」

そう羊族の男性に怒鳴りつけるが、彼は動こうとしない。

「残念だが、俺を雇ったのは嬢ちゃんの親父殿だ。だから嬢ちゃんに俺をどうこうする力はないぞ」

ガルシャがそう言うと、モネットを小脇に抱えて馬車に向かう。どんなに喚《わめ》かれても素知らぬ顔だ。

「なるほど、そういうことか」

一方、ジョルトはやっと分かったと言うように頷いた。

ガルシャを見た時におかしいと思ったのだ。新人に任せるような簡単な仕事なのに、何故護衛が自分と獅子《しし》族の二人もいるのか。

「俺を雇うより前に、ちゃんと護衛を用意していたんじゃないか」

本来ならジョルトだけでも過剰戦力だ。もしかして家に引き返していいのではと思った時、羊族の男性が近寄ってきた。

「申し訳ありません、ジョルト様。お嬢様はあなたが一緒でないと都に行かないとのこと……どうか都までお付き合いください」

彼はそう言って丁寧に頭を下げて、今回の旅の目的を説明してくれた。

「お嬢様の都行きの目的はお見合いです。旦那様はジョルト様に熱を上げて周りが見えないお嬢様を案じていらっしゃいました。その折にジョルト様の結婚を聞き、潮時だということで今回のことを計画なさったのです」

ジョルトもモネットの父親のことはよく知っている。気のいい犬族の男で、ジョルトが白虎としてしか自分を見ない相手を毛嫌いしていることも承知していた。だからこそ、娘も、大人になれば目が覚めるだろうと放っておいたのだという。自分の想いがいかに一人よがりであるか、そのうちに気付くと思って。

『私くらいに美しい猫族には特別な希少種――つまり白虎が相応《ふさわ》しい』

それがモネットの口癖だった。

確かに、自慢の銀の毛並みは獣人の中でも珍しい。故《ゆえ》に幼い頃から毛並みの美しさで特別扱いを受け、常に周りから褒めそやされて育ってきた。自分が特別だと勘違いするには、持ってこいの環境と言えた。珍しくもなんともない茶色の犬族の父親のことを、自身より劣っていると考えている節すらある。

あの銀の毛並みは、モネットが幼い頃に亡くなった母親譲りだという。その母親は、親兄弟の中で一人だけ銀の毛で生まれたと聞く。周りと違う自らの毛並みに劣等感を抱き、常に耳と尾を隠していたらしい。モネットとは真逆の女性である。

なんにせよ、結婚は毛並みの美しさだけで決まるものではない。けれどモネットはいつまで経ってもそのことを理解できずにいる。

凡庸《ぼんよう》な毛並みの種族を見下し、白虎を求めるばかり。これでは嫁き遅《い》れると困った父親が、強引に見合い話を進めたのである。

「本当はとうの昔に発《た》っていなければならず、かなりお相手を待たせています」

それもこれもモネットが、父親からの再三の呼び出しを無視したせいだ。困った羊族の男性が、一計を案じてジョルトに依頼をしたというわけだ。

「お嬢様はなにを勘違いしたのか、この旅行をジョルト様との婚前旅行だと思っています。ですがどうか相手になさらないように」

「はぁ、全く……」

呆れるジョルトの視線の先で、ガルシャがモネットを馬車へ収容し終えたのが見えた。

「ようし、さっさと出るぞ！」

ガルシャの号令で、ようやく出発となった。


馬車の護衛をしながら進むこと、数日。

「暇だな……」

ジョルトは欠伸《あくび》をしながら、整備された街道を歩いていた。

なにも出ない、なにも起こらない。護衛にとっては理想的であり、退屈な道中である。

「いっそ賊とか来ねぇもんかね」

馬が怯《おび》えないように、馬車のずっと後ろをついていきながら呟《つぶや》くジョルトに、隣を歩くガルシャが苦笑した。

「物騒なことを言うな、ジョルトよ」

窘《たしな》められるも、ジョルトは不満顔を隠そうとしない。

「こっちは休暇を切り上げて付き合ってるんだから、もっとキリキリ馬車を走らせろ」

前方を行く馬車は、ゆっくりとした速度しか出さない。荷物を運ぶ使用人の馬車は、見えないほど先に進んでいる。きっとあちらも、この馬車のあまりの遅さにヤキモキしていることだろう。

「俺は早く帰って嫁と過ごしたいんだよ」

むくれるジョルトに、ガルシャは肩を竦《すく》めるしかない。

「反対にあの嬢ちゃんは、少しでも長くお前と旅をしたいんだろうさ」

「それこそいい迷惑だ。それに今、見合いに向かっているんだろうが」

前の馬車を睨みつけるジョルトに、ガルシャが困ったように笑った。

そのモネットだが、未だ婚前旅行だと言っており、道中あわよくばジョルトをモノにしようと狙っている。これまで何度、お茶や食事の同席を求められたことか。その全てをジョルトは『それは頼まれた仕事じゃない』と断っているが。

今だって、ゆっくりとでも進んでいた馬車が、完全に止まってしまった。そして、馬車からモネットが飛び出してくる。

「白虎様、ずっと歩き続けて疲れているでしょう？　休憩のために、お茶をご一緒しましょう」

笑顔で言ってくるモネットに、ジョルトはため息を吐いた。今まで何度となく断られた誘い文句を変わらず言える、その気持ちの強さは大したものだ。

「生憎《あいにく》、全く疲れていない。気を使ってもらえるなら、少しでも早く先に進んでくれ」

ジョルトは飽きるほど言った断り文句を再度告げる。

ちなみにモネットが誘うのはいつもジョルトだけで、同じく歩き通しのガルシャは毎回無視だ。

「休憩はしない。お前らも絨毯《じゅうたん》を出すな！　とっとと進め！」

お茶の用意をしようとする使用人達をガルシャが追い立て、出立を急がせる。不満顔のモネットを再び押し込めると、馬車がゆっくりと動き出した。

「まったく、呑気《のんき》だな」

ジョルトは呆れを通り越して頭が痛くなる。いくら安全な道とはいえ、獣だってそれなりに出る街道だ。お茶のために馬車を止める回数を減らし、とっとと先へ進んでほしい。

「なんで諦めないのかねぇ」

「ここでお前を諦められる性格なら、とうの昔に諦めているよ」

ジョルトの呆れ声に、ガルシャが真実を突いた。

そんな面倒ごとこそあれ、基本的にはただ歩くだけでなにも起こらない。

「あー、暇だ」

このままだと身体が鈍《なま》ってしまう。ミキのもとへ帰る時に、緩《ゆる》んだ身体になっているのは嫌だ。

――マッサージをしてもらいたいな。

夜のあの時間は、ジョルトにとって至福の時だ。

白虎族のように生まれた時から強い種は、得てして身体の不調に鈍感だ。寝て起きれば大抵の怪我や病気は治っているので、気にする必要はないとすら思っていた。

だがそれが当たり前になってしまうと、大きな怪我をした時に取り返しのつかない事態になる。傭兵仲間の話を聞いて頭では分かっていても、ついつい忘れてしまうのだ。

そんなジョルトにとって、身体を癒《いや》す技を持つミキは特別な存在だった。なんと言ってもジョルトは生まれてから今まで、本気で身体の心配をされたことがない。多少の無茶をしても、『白虎ならあのくらい当然』と思われる方が多い。

――気遣いを求められたことはあっても、気遣われた覚えはないな。

それなのに密林の旅でミキは、自分を乗せて重くないか、疲れないかと心配ばかりしていた。あの時、ミキに心配されるということに、とても感動したものだ。

「早く帰りてぇ」

そうやってジョルトがミキの待つ家に思いを馳せていると、「あ、いてて……」と、隣でガルシャが小さく呻《うめ》いた。

「どうした？」

ジョルトが顔を向けると、彼は右の太ももを摩《さす》っていた。

「いや、仕事でちょっとヘマをして、右足を傷つけたんだよ。治療で怪我は治ったんだけどよ、たまに痛んだり、上手く動かなかったりしてなぁ」

ガルシャの話は、傭兵仲間からたまに聞く内容だ。傷自体はないのに違和感だけが残り、そのうち仕事に支障が出て最後には廃業に追い込まれる。

「そうか……」

馴染みの相手だけに、ジョルトも神妙な気持ちになる。

その時、ミキの顔が浮かんだ。

――あのマッサージで治せないか？

マッサージは気持ちいいだけではなく、身体を楽にしてくれる。大抵の怪我や病気は寝れば治るのは確かだが、それでも疲れは残るのだ。それがマッサージをした翌日の身体の軽さは驚きだった。ミキが言うには、身体のバランスを整えるのだとか。

ガルシャの不調は、放っておけば悪化するかもしれない。一度試してみるのも悪くないだろう。

「ガルシャ、この仕事の後は暇か？」

ジョルトの問いかけに、ガルシャはすぐに頷いた。

「おうよ。この足のために、しばらく休もうと思っていたからな」

「だったら、帰りに俺の家に寄らないか？」

ジョルトの誘い文句に、ガルシャが目を丸くする。

「新婚なんだろう？　邪魔するほど野暮じゃねぇよ」

渋い顔をするガルシャを、ジョルトは笑った。

「ミキはよその国の話が好きでな、よくアニエスの昔話を面白そうに聞いてるぞ。だからきっとガルシャのことも歓迎するさ」

新婚家庭の邪魔をするなんてと、気兼ねするガルシャを説き伏せる。その後なんだかんだで話がまとまり、一緒にジョルトの家に向かうこととなった。

問題はいつこの馬車が目的地に着いて、ジョルト達の仕事が終わるかだけだ。

＊＊＊

ジョルトが仕事で出かけてから、二週間が経とうとしていた。

「……うーん、これはマズいわね」

美紀は夕食を食べながら唸った。

ジョルトがいない間の一人暮らしで、弊害として出てくるのが『食事の用意が面倒臭い』問題である。

――だって、一人分を作るのって面倒なのよね。

日本でも一人暮らしだった美紀は、コンビニ弁当や総菜屋にかなりお世話になっていた。

恋人ができたばかりの頃には、一生懸命に凝《こ》った料理を研究したりもしたが、当の恋人に手作り料理を求められずにいるうちに、馬鹿らしくなってやめてしまう。その反動で、よりいっそうコンビニ弁当ばかり食べるようになるのだ。美紀はこの負のスパイラルを、何度経験したことか。

過去を思い出したら悔しくなるので、思い出すのは程々にする。

キッチン設備が整っていた日本でも億劫《おっくう》だった料理は、薪《まき》で火をつけるこの世界だともっと疎遠になる。自然と外で総菜を買ってくる頻度が増えた。今では、美紀が手作りするのは朝食のサラダぐらいだ。

だが、これはいけない傾向である。

――自炊をするという、あの時の決意を思い出すのよ。

夫となったジョルトに手料理を食べてもらいたいと、強く思ったはずだ。ならばジョルトがいない今こそ、料理の練習をするべきだろう。

「よし、頑張ろう！」

心を入れ替え、握り拳を作りながらも、今食べているのは買ってきた総菜だったりする。頑張るのは明日から、ということでいいだろうか。

そして翌日。

「とはいうものの、なにを作ろうか……」

ズボラが身についてしまった美紀としては、やはり面倒なことには変わりない。

――できれば、パパっと手早くできる得意料理が欲しいわね。

だが日本のように冷凍食品も電子レンジもないこの世界で、どんな簡単料理があるというのか。「うーん」と悩みながら食糧庫を眺めていると、ふと麺に目が行った。

うどんっぽい太麺だが、この地方ではつぶせるくらいに柔らかく煮込んで食べるのが普通らしい。けれど、茹《ゆ》で時間を調節すれば、うどんみたいになるのではないだろうか？

――私、うどんはぶっかけ系が好きなのよね。

基本的にここの麺料理は、長時間煮込んだ熱い汁物だ。暑い時に熱いものを食べるのも美味しいが、たまには冷たい麺が食べたい。日本の冷凍うどんのような手軽さはなくても、調理に慣れれば便利なはず。

「よし、うどんに挑戦してみよう！」

というわけで、まずは麺の茹《ゆ》で時間の確認だ。鍋の中の麺とにらめっこしながら、何度か茹《ゆ》で具合を確かめる。

――うーん、このくらい？

いい茹《ゆ》で加減になったところで、冷たい井戸水で麺をしめる。

麺の次に考えるのはトッピングだ。

今回は野菜の酢漬けと羊肉の煮込みをトッピングする。両方とも外で買ったものだが、よしとしよう。全部手作りしようとすると、得意料理への道が遠くなる。これは手抜きではない、効率化だ。

麺つゆは、この地方で使われている酸味のきいたソースを使う。醤油《しょうゆ》と味がだいぶ違うが、何事も挑戦だ。さらに川魚の干物を削り節の代わりに使ってみることにした。

酒とソースを煮立たせ、干物を入れてしばらく煮込む。

味見をしてみると、まずまずの出来だった。

トッピングを載せた麺に冷ましたつゆをかければ、異世界風ぶっかけうどんの出来上がりだ。

早速食べようとしたところで箸がないことに気付き、仕方ないのでフォークを使う。

どうせ暇なので近いうちに作ろうと思いながら、美紀はズズッと食べてみた。

「あ、イケる！」

日本で親しんだ味とは違うが、これはこれで癖になりそうな味である。

ちなみに次の日に釜玉《かまたま》うどんも試してみたが、これも美味しく食べられた。

美紀は他のトッピングを求めて、市場に向かった。今はピクルスや野菜を載せてサラダうどんにして食べるのが美味しいが、もう少しすると風が涼しくなり気温も下がるという。その時には温かいうどんが食べたいので、それ用のトッピングも欲しい。

――天ぷらうどんとかいいわね。

美紀があちらこちらの店先を覗きながら、夢を膨《ふく》らませていると――

「お嬢さん、何族？」

背後から、急に声をかけられた。

「……は？」

美紀が驚いて振り向くと、そこにいたのは黒い兎耳をピンと立てた男性だった。年齢はジョルトよりも上だろうか。

「匂いでも見当が付かないんだよね。ねえ何族なの？」

不躾《ぶしつけ》な質問に、美紀は眉をひそめる。

こんなこと、今まで誰にも聞かれたことがない。耳と尻尾を隠す相手を追及しないのが、いろんな種族が集まる場所でのマナーである。

「いきなりなによ、失礼ね」

明らかなマナー違反にムッとする美紀だったが、相手はそれを気にする風ではない。

「へえ、呪術で言葉を繋いでいるんだね」

それどころか、黒兎の男性は言葉のことを指摘してくる。

――なによコイツ。

黒兎に少々不気味なものを感じた美紀は、避けるように後ずさる。なんにせよ、こんなのに付き合うことはない。

「私、忙しいから」

「ねえ、どこから来たんだい？」

振り切ろうとしたが、相手は笑みを浮かべてついてくる。

——この人、相手の話を聞かないタイプだわ。

ひたすら自分のペースで話を進める、美紀の苦手なタイプだ。

こうなると獣人に身体能力で劣る自分に、撃退する術《すべ》などない。どうしようかと美紀が困った、その時。

「ミキ！　頼まれていたものが入っているぞ！」

いつも買い物をする八百屋から声をかけられた。初めて市場に来た時からお世話になっている、熊族のおじさんである。

なにかを頼んだ覚えはないが、今は天の助けだ。

「分かった、ありがとう！」

「あ、ねえ！」

黒兎の男性が追ってきたものの、できる限り人波に隠れるように走り、八百屋まで逃げ込む。

「ど、どうも……」

ちょっと走っただけで息の上がる美紀の背中を、おじさんが撫でてくれた。

そこまでしても、黒兎の男性はしつこくついてくる。

「体力ないね、弱小種かな」

「なんだてめぇは」

おじさんに睨まれ、やっと動きを止めた。

「ウチの客にちょっかい出していると、警備隊を呼ぶぞ」

「チェッ、仕方ない……」

ドスの利いた声でそう告げられ、黒兎の男性は渋々退散した。

その姿が見えなくなって、美紀はようやく大きく息を吐く。

――助かった！

思わずその場にへたり込んでしまった美紀に、おじさんが剥《む》いたリンゴをくれた。

「変なのに絡まれたな。これでも食って元気を出せ」

「……ありがとう」

受け取ったリンゴをシャクリと齧《かじ》ると、微《かす》かに酸味のある甘い味が口の中に広がり、気持ちを落ち着かせてくれた。

リンゴに活力を貰った美紀は、立ち上がって礼を言う。

「追い払ってくれてありがとう」

「いいってことよ、あんなのにうろつかれたら迷惑だからな」

ニヤッと笑うおじさんは、可愛い熊耳なのにとてもダンディだ。

「あ、そういえば、私なにか頼んでた？」

「いや、アイツから離す方便だよ」

おじさん曰《いわ》く、あの黒兎の男性は、ここ数日美紀みたいに種族を悟らせない獣人に片っ端から声をかけているという。

「兎族は呪術師が多いから、気を付けた方がいい」

おじさんの忠告を受けて、美紀の脳裏に陽気なハンナの顔が浮かぶ。

「……呪術師って、危ないの？」

――ハンナは危ない人物には見えなかったけど……

美紀の心配に、おじさんは肩を竦《すく》めた。

「ほとんどは気のいい奴らだが、裏でコソコソして金を稼ぐ連中もいるからな。要注意だ」

確かに今の黒兎の男性は、警備隊と聞いて逃げていった。警備隊に世話になりたくない事情があるということだろう。

さらにおじさんが告げた。

「アイツは希少種狙いかもしれん。都には力の弱い希少種を捕まえて、金持ちに結婚相手や愛人として売り払う下種《げす》がいるって話だから」

「え、なにそれ」

捕まえて売るとは、立派な人身売買である。そして美紀は、希少種中の希少種である人間だ。そんなものに巻き込まれたらと想像するだけで、ぞっとする。

「アイツがいなくなるまで、あまりうろつかない方がいいかもしれんぞ。そういえば、ジョルトはまだ帰らんのか？」

「……まだ帰ってきてないわ」

都まで往復二週間かからないという話だったのに、もう二週間経ってしまった。ちょっと遅いなと思っていたところに、この話である。

――早くジョルトが帰ってこないかな。

信じたいのに不安になり、美紀はどうしても気持ちが暗くなるのだった。

それからは極力外出を控え、家の中でも頭と尻を隠すようにしていた。いつ何時《なんどき》、あの黒兎の男性が現れるか分からないからだ。そうして警戒しながらもたまにアニエスの店に遊びに行って子供達に癒《いや》されたり、ついでに足ツボマッサージをしてメルの悲鳴を聞いたりして過ごす。そうして、とうとう待ち望んだ日がやってきた。

庭先で干していた洗濯物を取り込んでいた美紀は、通りの向こうから歩いてくる人影を見つける。

背の高い褐色の肌に白い髪、白い丸耳は、間違えようがない。

――ジョルトが帰ってきた！

夫の帰宅を知り、美紀は慌てて玄関に回る。

そして勢いよく外に飛び出して大きく手を振った。

「ジョルト、お帰り！」

「おう、ミキ！」

美紀の呼びかけに気付いたジョルトが、手を振り返してくれる。そしてそれを、後ろから笑って見ている男性が一人。

――あれ、他にも誰かいる。

男性はがっしりとした体格をし、金髪に小さな丸い耳、お尻には細長くて先端に房飾りのような毛がついている尻尾があった。

――まさにライオンだわ。

観察していた美紀のもとへ、ジョルトが到着した。

「今帰った。長く留守をして悪かったな」

そう言って抱きしめるジョルトの尻尾が、スルリと美紀の足に絡む。土埃《つちぼこり》のせいか、少しパサついた毛並みがチクチクする。

「お仕事、お疲れ様！」

あとで尻尾をブラッシングしようと思いつつ、美紀も笑顔で抱き返す。その身体はだいぶ汗臭い。暑い中、急いで帰ってきてくれたのだろうか。そう思うとうれしくて、大きく深呼吸してジョルトの匂いを嗅《か》いだ。

――私、だいぶ獣人に染まっているわね。

ここでは体臭は個人の証《あかし》だ。最初こそ理解できなかったが、何事も慣れである。清潔さと体臭は別物なのだ。

「いいねぇ、新婚ってやつは」

二人が抱き合う様子を見ていた後ろの男性が、ニヤニヤしている。

「ジョルト、お客さん？」

そちらに視線をやって尋ねる美紀に、ジョルトが説明した。

「この男は今回の仕事で一緒になった、獅子《しし》族のガルシャだ」

やはりライオンで合っていたらしい。

夫の仕事仲間の訪問とあっては、妻として持て成さねばなるまい。

「いらっしゃいませ、ようこそ！　あ、ご飯はどうする？　うどん……麺ならあるけど」

というより、食糧庫にはうどん関連しかない。これは重大な問題だ。

――お客を持て成すどころか、夕食に困る！

途端に焦る美紀を見て、ガルシャが笑った。

「気遣いは無用だ、ちゃんと自分の食う飯は買ってきたぞ」

言われて見てみると、ガルシャの手には総菜が、ジョルトの手には酒がある。

――飲み会の準備は万端というわけね。

思いやりのある夫とその友人で本当に助かった。

「というかミキ、ウドンとはなんだ？」

一方でジョルトは、美紀が漏らした『うどん』という言葉が気になったらしい。

「うどんは、私の故郷の料理だよ。それを再現してみたんだけど……」

説明している間にも、ジョルトは興味津々《きょうみしんしん》という顔を見せる。

「……食べる？」

「もちろん、食うぞ」

尋ねると速攻で答えが返ってきたので、うどんを振る舞うことになった。

だがそれよりも、風呂で仕事の疲れを落とす方が先だろう。

美紀が一人で毎日風呂を沸かすのは大変なので、三日に一度のペースで入浴していた。

そして今日は、丁度いいことにお風呂の日だったので、すでに準備している。

「今日はお風呂に入れるから、二人でゆっくり入るといいわ」

美紀はそう言って総菜や酒を受け取り、風呂へ向かうよう勧める。

「お、そいつは運がいい。ガルシャ、ミキが風呂を沸かしているそうだぞ」

「なんだ、ここはどこの高級宿だ？」

ご機嫌で尻尾を揺らすジョルトに、ガルシャが目を丸くしていた。

それもそのはずで、風呂のある家というのはあまりない。普通の人は家では水浴びで済ませ、風呂に入りたければ街にある公衆浴場へ行くという。宿ですら風呂があるのは高級な部類だそうだ。

——でも、公衆浴場はあるんだよね。

風呂の文化が根付いているのは、美紀には有り難い。おかげで石鹸《せっけん》やシャンプーといったバスグッズが揃っているのだから。

そうして、ジョルト達が風呂に入っている間に、美紀はうどんの準備を始めた。ジョルトもそうだが、ガルシャだってたくさん食べそうな見た目なので、ぶっかけと釜玉《かまたま》の二種類を二人分ずつ作る。美紀はうどんを食べるために作った自分専用の箸を出したが、ジョルト達にはフォークを添えた。

ジョルト達が買ってきた総菜も皿に盛って並べると、丁度二人が風呂から出てきた。

「はぁ、いい心地だった。感謝する」

ガルシャがホカホカの身体で礼を言う。機嫌のよさからか、房付きの尻尾がユラユラと揺れている。

ジョルトは早速風呂上がりの一杯を飲もうと、絨毯《じゅうたん》に座って買ってきた酒を開けた。

「まずは飲もうぜ。ミキも座れよ」

「ご馳走になろう」

ガルシャがジョルトの向かいに、美紀は隣に座ってグラスを持つ。獣人が飲む酒は美紀にとってはアルコール度数が高いので、舐める程度の量をグラスに注いでもらう。

「まずはようやく帰ってこられたことに、乾杯」

ジョルトの合図で獣人二人は一気にグラスを呷《あお》り、美紀は少しだけ口に含んだ。

乾杯の後は、食事だ。

「どうぞ召し上がれ」

美紀はジョルト達の前にうどんを並べる。実はまだアニエスにもうどんを振る舞ったことはない。なのでこの世界の人に食べてもらうのはこれが初めてだ。

美紀はドキドキしながら、二人がフォークでうどんを食べる様子を見つめる。ジョルトが先に口をつけたのは、ぶっかけうどんだった。

「そうか、あの麺は茹《ゆ》で加減で食感が変わるのか」

まずは麺の食感に驚いたようだ。

「味はどう?」

「うん、美味いぞ」

美紀が尋ねると、ジョルトは軽く頷いて器《うつわ》の中身を一気に飲んだ。

「俺は、この卵を絡めたやつが好きだな」

ガルシャの方は、釜玉《かまたま》うどんが口に合ったらしい。房付き尻尾がピンと立っている。

――やった、成功だ!

美紀はホッと胸を撫で下ろした。今度ぜひ、アニエス達にも振る舞いたい。

「かぁー、美味いな! 山道を飛ばして帰ってきた甲斐があるぜ」

酒に喉を鳴らし、ジョルトがしみじみと言った。

――山道を通ってきたんだ。

街道は人の姿で歩くルールなので、手っ取り早く帰るために獣体になって人の通らない山越えをしてきたのだろう。

「往路であれだけ時間をとられてはな。帰りを飛ばしたくなる気持ちは分かる」

山道を付き合ってきたらしいガルシャが、ジョルトの様子に苦笑している。行きに時間をとられたとは、なにか想定外のことでもあったのだろうか？

「仕事、危なくないって言ってなかった？」

美紀の言葉に顔をしかめるジョルトを見て、ガルシャが笑った。

「なに、あまりに暇で欠伸《あくび》が出るほど安全だったさ。ただこの男に熱を上げる猫の嬢ちゃんが、ノロノロと進むもんだから時間がかかっただけだ」

「……そういうことだな」

ガルシャの言葉に、ジョルトも頷いて重いため息を吐いた。

モネットは衣装まで新調して臨んだくらいだから、よほどの意気込みだったはず。ジョルトがなにもされなかったとは考えにくい。

「……夜這《ば》いとかされなかった？」

「ぶっ！」

ジト目で疑う美紀に、ジョルトは飲んでいた酒を噴く。

「はっはっは、嫁は敏《さと》いな！」

咳込んで答えられないジョルトに代わり、ガルシャが笑った。これは『夜這《ば》いされた』

という答えでいいのだろうか。

「誰かに聞いたのか？」

咳をしたせいで涙目になりながら、ジョルトが尋ねる。

「アニエスから、猫族の女性が出発前に服をたくさん作っていったって聞いたわ」

忙しくて死にそうだったアニエス夫妻の話をすると、「なるほど」とジョルトも納得した。

「全く、こんな馬鹿な仕事はないぜ」

ジョルトは旅の間『白虎様、白虎様』となにかと呼びつけようとするモネットのせいで、気力がゴリゴリ削られたという。

しかも、モネットがわざとジョルトの部屋を用意しなかったり、危険だからと宿で一晩中護衛を頼んだり。とにかくジョルトと親密な仲になろうとあの手この手を使ったそうだ。

恐らく旅がゆっくりだったのも、誘惑する時間を作るためだったのだろう。

——アニエス情報だと、かなり昔から執着していたようだしね。

「ずっとジョルトと結婚をしたがっていた人だって？」

美紀の質問に、ジョルトはふん、と鼻を鳴らした。

「俺とじゃなくて、希少種の白虎とだな」

モネットは昔からお茶だ食事だ遠出の護衛だと、なにかにつけてジョルトを呼び出そうとしていたという。

「アイツは昔から、俺を連れて女の集まりで自慢をしたがっていた」

――ジョルトはまるでブランドバッグ扱いね。

それは確かに嫌だろう。日本で美紀も同じような扱いを受けたことがあるので、気持ちはよく分かる。

ジョルトはそれに辟易《へきえき》して都から離れたガルタの街に来たらしいが、モネットは実家を飛び出して追いかけてくる始末だ。

「そんなに白虎が好きなら、獣の毛皮でも飾ってろっていうんだ」

ジョルトがモネットを心底嫌っていることが、その口調から分かる。

「で、結局、夜這《ば》いはされたの？」

「馬鹿、前もって逃げたに決まっているだろうが！」

改めて確認すると、嫌そうな顔をされた。

――なんていうか、ジョルトとその人って、好みとか性格が真逆よね。

ジョルトは何事もストレートな物言いをするし、人の三大欲求とされる食欲・睡眠欲・

性欲に素直だ。

一方で、恋愛の駆け引きの類《たぐい》はあまり好きではない気がする。美紀は今までジョルトから、ロマンチックな誘い文句を言われたことがない。口から出るのはいつだって直球で『交尾するか』である。

そんなジョルトに普通の恋愛アプローチをしては、見向きもされないのではないだろうか。

――あれ、っていうことはいきなり尻尾を掴んだ私って、ある意味正解？

知らずにジョルトの好みを引き当てたのか。案外自分達はお似合いの夫婦と言えるかもしれない。

なんにせよ、大変な苦労をしたらしいジョルトを労《ねぎら》わねばなるまい。

「逃げて帰ってきたなんて、ジョルト偉い！」

美紀はジョルトの頭を撫でながら、白い丸耳をフニフニと揉んだ。尻尾とはまた違った手触りが癖になる。ジョルトも気持ちいいのか、尻尾でパタンと絨毯《じゅうたん》を叩いた。

「敵は殴ればいいが、女はそういうわけにもいかないし、どうにもならんから苦手だ」

心底疲れたように言うジョルトに、ガルシャが苦笑する。

「いいじゃないか。お似合いの嫁を捕まえたのなら、これからその苦労も減るだろうさ」

「……だといいがな」

げっそりしているジョルトが可哀想になってきたので、美紀は話題を変えようとガルシャに話を振った。

「ガルシャさんは、ジョルトとの付き合いが長いんですか？」

「まあそこそこな。ついでにアニエスのことも知っているぞ。あの跳ねっ返りが結婚すると聞いた時は、ジョルトの時より驚いたさ」

なんと、アニエスの結婚のアレコレも知っているという。

「アニエスの結婚話、すごくロマンチックですよね！」

「嫁も聞いたか？　鼠族にとって豹族なんて恐怖の対象だろうに、よく結婚できたもんだ」

目をキラキラさせる美紀に、ガルシャも感心した風に言う。

「あんな小さくてひ弱そうな奴、アニエスに吹き飛ばされそうだと思ったもんだが。誰と一緒になるかっていうのは謎だな」

ジョルトも当時のことを思い出したのか、しみじみと語った。

――やっぱり獣人的にも、驚きの組み合わせなんだ。

動物で言えば、食うか食われるかの関係なのに仲良くなる、といったところか。

「そういえばメルさんがね、ジョルトがいない時に遊びに来て、すごく怖がっていたの」

「そりゃそうだろう。寿命が縮んだんじゃないか？」

美紀の話に、ガルシャから当然という答えが返ってきた。恐怖を感じる中でマッサージをされても、効果はプラスマイナスゼロだったかもしれない。

白虎のテリトリーに入るのが相当怖かったのか、メルはあれ以来この家に立ち入らない。つまり美紀は、友人ができても種族によっては自宅に招けないということか。

「家に遊びに来たのってガルシャさんで三人目です、賑やかなのはうれしいわ」

笑顔で告げる美紀に、ガルシャが笑った。

「今回はジョルトからぜひ家に来いって誘われてなぁ。早速、嫁自慢とはコイツも変わったもんだ」

この言葉に、美紀は「あれ？」と首を傾げた。

――ジョルトが連れてきたの？

美紀が人間だとバレるリスクを減らすため、これまでジョルトが誰かを家に連れてきたことはない。

美紀もジョルトのいない間に家に上げたのは、そのあたりの事情をなんとなく察しているアニエス達だけだった。

なのに今回、ジョルトが客を連れてきた。美紀はてっきり、ガルシャが来たいと言ったのをジョルトが断れなかったのかと思っていたのだ。

――なにか事情があるのかしら？

窺《うかが》うように隣を見ると、ジョルトが目を細めて美紀の頭を撫でた。

「ミキ、ガルシャはアンタの客だ」

「私の、客……」

ということはつまり。

――マッサージのお客さん⁉

「どこか痛いとか悪いとか、体調不良なの？」

一見元気そうな様子のガルシャだが、獣人は痛みに鈍感なので油断はできない。

美紀の質問に、信用できるのか判断できずにいたガルシャに代わって、ジョルトが告げた。

「以前に怪我をした右足が痛むらしいんだ」

「……足の怪我かぁ」

美紀はガルシャの右足を見るが、ズボンに覆われているため、怪我の様子は確認できない。だが怪我の後遺症対策やリハビリこそ、マッサージの得意分野だ。

「なんだ、嫁は医者なのか？」

「医者じゃなくて、マッサージをするんです」

訝《いぶか》しむガルシャの誤解を、美紀はすぐに訂正する。

マッサージがなんたるかは、体験してもらわねば分からないだろう。

「ガルシャさんは忙しいですか？　もう帰る予定だったりします？」

「いや、しばらく休むから予定はないらしいぞ」

スケジュールについて、ジョルトが答える。状況についていけないガルシャは、唸るばかりだ。

時間はたっぷりあると聞き、美紀は早速マッサージの方法を思案する。

——なにからやろうかしら。

鼻息を荒くする美紀を見て、ジョルトが小さく笑った。

「やる気がみなぎっているな、ミキ」

「もちろん！」

美紀は拳を握りしめる。

ジョルトが不在の間にマッサージの復習もずいぶんできた。あとは実践あるのみだ。

「ガルシャ、二、三日家に泊まっていけよ」

「そちらがいいのなら構わんが、なんだと言うんだ？」

ジョルトの勧めに、ガルシャは首を傾げるばかり。

こうして、ガルシャの治療が始まった。

第五章　マッサージは奇跡の業《わざ》

人の身体というものは繊細にできている。全身の筋肉や血流、リンパの流れなどの色々な要素が上手く連動して、初めて動くのだ。

足が痛いと言っている客を調べてみると、本当に悪い場所は足ではなかったり、肩凝《こ》りだと思っていたのが別のところが原因だったということがあったりした。時には意外な病《やまい》が隠されていて、緊急入院となる場合だってあるという。

だから客を診《み》る時は、全身を見なければならないと習った。

ジョルト達が帰ってきた翌朝、美紀は改めてガルシャの状態を調べる。

聞けば、ガルシャはしばらく前に右足を怪我したが、傷自体はもう治っているという。

「けどよぅ、時々ズキーン！　って感じに痛むんだよなぁ」

それに長時間歩いたりすると、右足に違和感が出てくるとのこと。

——傷は治ったけれど、後遺症が残ったのね。

日本だと丁寧にリハビリをして、身体を元に戻していく。だが寝れば治ると豪語する獣人のことだ、傷口が塞がったことで安心してしまい、後々のケアを怠《おこた》ったのだろう。

次に、ガルシャの筋肉の張り具合を調べる。

「ここに横になってくださいね」

絨毯《じゅうたん》の上に清潔なシーツを敷き、その上にガルシャにうつ伏せに寝てもらう。

「触りますよー」

美紀は一言断ってから、ゆっくりとガルシャの身体に触っていく。すると怪我した右足だけでなく、それを庇《かば》って歩くせいで左足に無理が来ていることが分かった。そしてさらに痛む下半身のバランスを取るために、上半身にも歪みが出ている。全身のそうした歪みが、右足の怪我の治りを邪魔していると思われた。

加えて、背中にある内臓系のツボがいくつか凝《こ》り固まっている。

「薬とか飲んでます?」

「ああ、医者に処方された痛み止めをな」

美紀の質問に、ガルシャがボソリと答える。

——薬の飲み過ぎで、内臓が弱っているのかもね。

ここはマッサージの基本に沿って、全身の循環を整えるべきだろう。身体の循環をよくするには、温《ぬる》めの湯にゆっくり浸かるのが効く。

「ジョルト、お風呂を入れてくれる？　長く浸かれるように温《ぬる》めで」

「ああ、分かった」

美紀が頼むと、早速ジョルトが風呂の準備をしに行く。それを横目で見たガルシャが、慌てて上半身を起こした。

「風呂は昨日も貰ったから、今日は水浴びで十分だぞ？」

風呂を贅沢だと思ったのか、遠慮するガルシャに美紀はニコリと笑う。

「お風呂も治療の一環なんですから。後でゆっくり入ってくださいね」

「治療？　風呂がか？」

目を丸くするガルシャに笑顔を返して、いよいよマッサージ開始だ。

マッサージの際に使えるかと思い、美紀は市場で見つけたいい香りのするオイルをいくつか買っていた。獣人は匂いに敏感なので、リラックス効果が狙えると考えたのだ。

「ガルシャさん、どの匂いが好きですか？」

「なんだ、香油か？」

美紀はオイルをガルシャの前に並べ、その中から気に入る香りを選んでもらう。ガルシャが選んだのは、爽《さわ》やかなミント系の香りのするオイルだった。

そのオイルを使って、美紀は撫でるように身体を押していく。ガルシャの筋肉はジョルトと比べて硬い。身体が緊張したまま凝《こ》り固まってしまっているのだ。筋肉は柔軟性がないと、いざという時に大怪我に繋がる。

――これをほぐすだけでも、だいぶ違うはず。

丁寧に丁寧に、美紀は撫でて押してを繰り返す。

「ウオォ……」

次第にガルシャが唸るように小さく喉を鳴らし、茶色い丸い耳をピルピルと震わせ出した。どうやら気持ちいいらしい。

「もし、痛い時は言ってください。我慢しちゃ駄目ですからね」

なまじ強靭《きょうじん》な肉体を持つ獣人は、少し我慢すればよくなると考える節があるため、美紀は繰り返し注意をする。

そうしてしばらく揉んだ後、この日は早めにマッサージを止めた。焦っていきなり長時間施術しても、よい結果が出るわけではないからだ。

マッサージを終えてしばらくゆっくり休んでいると、ジョルトが顔を出した。

「風呂が準備できたぞ」

「……おぉ」

ガルシャは少々ぼうっとした返事をしてから、のそのそと風呂場へ向かった。

「ずいぶん緩《ゆる》んだ顔をしているな」

その後ろ姿を見て、ジョルトが目を丸くする。自分がマッサージを受けるばかりで、他人が受ける姿を見たことがないからだ。ジョルトだって、マッサージ後はあんな感じになっている。

「あれが、マッサージ後の顔よ」

オイルで汚れたシーツを片付けながら、美紀は胸を張った。

風呂からホカホカになって出てきたガルシャは、用意されていた果実水を飲むと、大きく息を吐いた。

「家に風呂があるって、いいな」

「だろう？」

まったりしているガルシャに、ジョルトが笑う。ガルシャは基本家での水浴びで、風呂に入りたい際は公衆浴場へ行くという。今まではそれで困っていないと思っていたが、考えが変わったそうだ。

「風呂を造るのもアリだな」

「きっと嫁と子供も喜ぶぞ」

ガルシャの本気の顔に、ジョルトも笑った。

翌日も同じことを繰り返すと、ガルシャの身体が柔らかくなってきた。触れていて違和感のあったツボが、徐々に気にならなくなってくる。

ガルシャも変化を感じているようで、不思議そうな顔をしながら美紀に語ってくる。

「なんか、身体の中からホカホカする。暑いとか、そういうことではなくてだな……」

「それは、ガルシャさんの持っている『治るための力』ですよ」

「そうか！」

よい変化だと聞いて、ガルシャの表情が明るくなった。

そうしてガルシャがこの家に滞在して、四日目。

「身体が軽い。まるで怪我をする前に戻ったみたいだ」

リハビリがてら街中《まちなか》へ散歩に連れ出すと、軽く身体を動かしたガルシャが驚いていた。

この反応や身体の具合を見て、試しに街の外を早駆けしてみるという。

「昼までには戻る」

ジョルトがそう言ったので、美紀は昼食にうどんを用意して結果を待つ。

――上手くいっているといいけど……

しばらくして、二人が賑やかに話しながら帰ってきた。

「お帰り、どうだった!?」

「最高だ！」

出迎えた美紀が首尾を尋ねると、ガルシャが歓喜の笑顔で美紀を抱き上げた。

「え、え!?」

いきなりのことにオロオロする美紀に、ジョルトが苦笑する。

「気持ちよく走れたそうだ。ガルシャはもう一生全力で駆けるなんてできないと、諦めていたらしくてな」

痛めた足では思うように駆けることができず、ストレスを抱えていたらしい。それに傭兵稼業にも支障が出始めていて、辞め時を考えていたという。

しかし痛めた足で就ける仕事は限られている。今まで腕っぷしで生きてきたガルシャに、事務仕事は難しい。

とはいえ、家族を養うためには働かなくてはいけない――ずっとそう悩んでいたそうだ。

――内臓が弱っていたのは、ストレスも原因かな。

「怪我で心配をかけた家族に、これ以上心配をさせたくなかったからな」

ガルシャはそう言って泣き笑いをした。どうやらマッサージ治療は成功のようだ。

「どうだ、ミキはすごいだろう？」

「ああ、お前の嫁は最高だ！」

ジョルトの嫁自慢に、ガルシャは惜しみない賛辞を贈る。

その夜は完治祝いで盛大なパーティをした。アニエスも駆けつけて、ガルシャの怪我が癒《い》えたことを喜んでいた。

ちなみに治療費についてだが、ガルシャはそれなりの金額を支払うと言ってきた。しかし美紀は、半ば押し売りのように治療を始めたことや、腕試しの面もあったことから、お金を取るべきか悩む。話し合いの末、医者にかかるのと同程度の料金を受け取った。

翌日、元気になったガルシャは、たくさんの土産《みやげ》を抱えて家に帰ることとなった。美紀もジョルトと一緒に、門まで見送りに行く。

「ミキ、ジョルト、ありがとうな！」

「家族みんなで、幸せにね！」

「また遊びに来い」

振り返りつつ手を上げるガルシャに、美紀とジョルトも手を振り返す。

ガルシャが去って一段落した美紀は、家に帰るとリビングに寝転がった。

「ふぁー、上手くいってよかったぁ……」

「お疲れさん、ミキ」

ダラーンと伸びる美紀に、ジョルトがお茶を淹《い》れてくれた。

「俺は少しでも身体が楽になればと思ってガルシャを誘ったんだが、予想以上にマッサージというものはすごいな」

「いやいやいや……」

感心するジョルトだが、美紀としては否定したい。

「マッサージでこんなに早く結果が出るなんて、普通ないからね⁉」

――獣人の肉体が超人的過ぎるのよ！

一晩寝れば大抵治るという獣人のポテンシャルは、やはり本物だった。今までそのポテンシャルの使い方を間違っていただけで。

ガルシャには簡単なストレッチ方法を教えたので、もう同じような怪我はしないだろう。身体のケアさえちゃんとやれば、獣人は頑丈なのだ。

「それにしても、ジョルトがいて助かったわ。獣人の身体って、人間と違い過ぎて難しいもの」

これまでジョルト相手にやったマッサージで、美紀はある程度の力加減を学んだつもりだった。しかし、それも個体差があるのだと改めて分かった。獅子《しし》族の生態についてジョルトに教えてもらっていなかったら、こうも上手くいかなかっただろう。

反省点を振り返る美紀の頭を、ジョルトが優しく撫でる。

「まあ、それはな。身体がデカい奴に小さい奴、海の方へ行けば鱗《うろこ》の肌を持つ魚人系もいる。一括《ひとくく》りにはできないだろう」

魚系の場合は魚人と呼ぶらしい。まだまだ美紀の知らないことばかりだ。

――獣人について知らないとか、他の人に言えないものね。

この種族による個体差は、マッサージ店を開くにあたっての課題となるかもしれない。


ガルシャが帰った後、再び『仕事はしばらく休む』と言ったジョルトと、美紀はのんびり過ごしていた。

「ミキ、客だぞ」

ある日、庭に洗濯物を干し終えたところで、ジョルトに呼ばれた。

――アニエスかな？

美紀を訪ねる客は彼女しかいない。あの可愛い兄弟も一緒だろうかと、軽い足取りでリビングまで行く。すると、ジョルトの向かいのイスに、若い男性が座っていた。

――アニエスじゃない。

スラリとした背格好に日に焼けた肌、肩のあたりで整えられた白い髪。そして白い毛並みの三角耳と、フサフサの尻尾。狼らしいその男性は、初めて見る人だった。

「……誰？」

そんな疑問を口にした美紀に、あちらも視線を寄越してくる。ギロリと睨む目つきが悪い。

「なんだよ、ずいぶんひ弱そうな奴じゃないか、あぁ？　ガルシャさんがすげぇすげぇって連呼するから、どれほどだと思っていりゃあ、こんなチビな女かよ」

口も悪いようだが、その吐く息が酒臭い。

――なにこの酔っ払い。

初対面の相手に悪態をつかれれば、美紀だってムッとする。そろそろとジョルトに近寄り、小声で話しかけた。

「ねえ、なんかこの人、感じが悪いんだけど」

ジョルトもこれには困ったように笑う。

「彼はガルシャの紹介でミキに会いに来てな、名をライアスというらしい。これがガルシャからの紹介状だ」

ライアスが持ってきたという手紙を渡されるが、生憎《あいにく》美紀はまだそれほど字を読めない。

「なんて書いてあるの？」

「えっとなぁ……」

手紙によると、ライアスはガルシャが弟分として可愛がっている狼族だそうだ。足が治ったことで久しぶりに会いに行ったら、ライアスも怪我が原因で右足が動かなくなっていた。そのせいで周囲の同情や蔑《さげす》みに晒《さら》され、やさぐれて酒浸《びた》りの生活をしていたという。

可愛い弟分のあまりの変わりように、ガルシャはショックを受けたらしく――

『どうか俺に奇跡を起こしたように、ライアスにも奇跡を授けてくれ』

手紙はそう締めくくられているという。

――奇跡って……

大げさな言われように、美紀は苦笑する。

改めてライアスの方を見れば、彼が座っているイスに杖が立てかけられているのに気付く。

そういえば、何故床に座るのではなくイスなのか。それは床に座れないほど不自由だからではないだろうか。

「もしかして、ガルシャさんより足が悪いの？」

ガルシャは片足を痛めていても、生活は普通にできていた。美紀の指摘に、ジョルトも難しい顔で頷く。

「ああ、右足が麻痺《まひ》してほとんど動かないらしい。狼族は草原に住む種族だ、走れないと周囲からの風当たりが強いだろう」

要するに、一族から『出来損ない』のレッテルを貼られたというのだ。日本で言うと将来を有望視されていたスポーツ選手が、突然動けなくなったようなものか。

当たり前にできていたことができなくなる苦しみは、いかばかりであろう。

——感じの悪い態度も、相応の理由があるってことね。

きっとそうならざるを得ない扱いを受けてきたのだろう。

「分かった、私にできる限りのことをするわ」

最終目標は、以前同様に走れるようになること。それが無理だとしても、せめて杖なしで歩けるようにしてあげたい。

そのためにまずやるべきことは——

「ライアスさんはまずお酒を抜くこと！」

美紀は蜂蜜とレモンの搾り汁を混ぜたドリンクを作り、酔っ払いのライアスに飲ませた。

酔っている状態の時は軽く脱水症状を起こしている上に肝臓が弱っている。なので脱水の改善と肝臓の回復のためには、スポーツドリンクのようなものが必要なのだ。

失恋のたびに呑んだくれて痛い目を見た美紀が実践してきた方法なので、間違いはない。

ライアスはドリンクを飲んで何度かトイレと部屋を往復しているうちに、酔いがさめたようだ。

「どうも、大変失礼をしてしまい……」

ライアスは先ほどとは一転して、しょぼくれた顔でイスに座る。

改めて詳しい話を聞くと、怪我をして足を痛めたのはガルシャと同じだが、彼の場合はそれを長時間酷使し続けたらしい。

ライアスはこの国の都の警備隊に所属しており、怪我をしたのは大規模な盗賊団の討伐任務でのことだったという。

「その討伐戦の話は俺も聞いた。盗賊団も戦力を揃えていて、壮絶な戦いだったようだな」

ジョルトが思い出したように言うと、ライアスは小さく頷いた。

「私はその任務に、小隊の隊長として参加した」

部下を率いる手前、怪我が酷いと分かっていても、引き下がるわけにいかなかった。

討伐任務が終わってからしっかり休めばいいだろうと軽く考え、無理した結果悪化したのだ。

——怪我をしても抜けられなかったとか、この人って意外に真面目なのね。

酒に溺れたのも、現実を直視できなかった故《ゆえ》なのかもしれない。真面目人間ほど、依存症になりやすいと聞いたことがある。

「医者には診《み》せたんですか？」

「ああ。だが、警備隊所属の医者から、どうにもならんと匙《さじ》を投げられた」

そう告げるライアスの三角耳が、ぺしゃんと前に倒れる。

その後、怪我を負った足では通常業務もままならないだろうと気を使われ、事務方の仕事に回されたらしい。だが、そのことも警備隊の第一線で活躍していたライアスの心を傷つけた。

「その医者がちゃんと治療してくれれば……」

「ミキ、医者は痛み止めを出すのがせいぜいだ」

悔しそうにする美紀に、ジョルトはその医者の対応が決して特別ではないと説明する。

どうやらこの世界には整形外科的治療というものはなく、自然治癒《ちゆ》に任せているようだ。獣人の頑丈さは、医療の進歩も阻《はば》んでいるのかもしれない。

そうして一通り聞き取りした後、リビングにシーツを敷いてライアスを寝かせ、実際に身体に触れてみる。

「右足に、私が触っている感覚はありますか？」

「微《かす》かにだが、ある」

無理に力を込めれば、ほんの少しだが足を動かせるのだという。

「それがどうした、と言われるかもしれんが……」

自嘲するライアスだったが、美紀は安心した。右足は麻痺《まひ》しているだけで、完全に機能を失ったわけではないらしい。

——今は獣人の頑丈さを信じよう。

ライアスに施《ほどこ》す治療は、基本ガルシャに行ったものと同じなのだが、彼は動かなくなった足の筋肉が極端に落ちているので、その分筋トレも必要となる。

正しく筋肉をつけるためには、正しい姿勢で歩かねばならない。けれどライアスは杖で無理して歩こうとして、背中に負担がかかったのか、背中や肩も凝《こ》り固まっていた。このままでは、全身が歪んでしまう。

「杖じゃなくて、車輪がついた歩行器とかがいいのかも」

美紀の呟《つぶや》きに、ジョルトが眉を上げる。

「ホコウキとはなんだ？」

「足が不自由な人の歩行を助ける器具なんだけど、ないの？」

美紀の言葉に、ジョルトもライアスも不思議そうな顔をするばかり。車椅子は知っているが、歩くのを補助する道具は杖しか見たことがないという。

――赤ちゃん用の歩行器も、ないのかしら？

作りは同じなのにと思ったが、よく考えたら獣人の赤ん坊は獣の姿だ。人の姿になった頃には、すでにある程度歩けるのかもしれない。子供でも自力で歩くのが普通であれば、歩行を助けるという考え方が希薄なのも頷ける。

となると、新しく歩行器を作ってもらうしかない。

「えっと、こういうのなんだけど……」

美紀は絵を描いて歩行器について説明するが、その構造は単純だ。身体を支える手すりに車輪をつけ、移動を楽にする作りになっている。早速ライアスの身体のサイズを測り、ジョルトの知り合いの木工店で作ってもらうことにする。

この日からライアスは街のホテルに宿泊し、毎日早朝に美紀達の家にやってくることになった。さらにホテルとの往復には馬車を使ってもらい、勝手に歩く訓練をすることを禁止する。

「まず足の麻痺《まひ》を治すのが先です。それが治ってから歩く練習をしましょう」

「……分かった」

ライアスは歩くなと言われて不満そうな顔をしたが、美紀の言葉に頷いた。警備隊で働いているというから、上司の意見に従う癖がついているのだろうか。

——むしろこの癖が、怪我を悪化させたのかも？

もっと我儘《わがまま》な性格だったなら、討伐任務の時に『足が痛い！』と騒いで早々に戦線離脱しただろう。

説明に納得してもらったところで、いよいよマッサージだ。

ガルシャと同じく、ライアスにもオイルを選んでもらったところ、手に取ったのは柑《かん》橘《きつ》系の香りのオイルだった。これを使ってマッサージをした後、しばらく休んでからぬるま湯の風呂に入ってもらう。

風呂と聞いて、ライアスの尻尾が揺れた。

「実家に風呂はあるが、隊舎では水浴びで済ませていた」

足が不自由になってから実家の居心地が悪く寄り付かなくなり、かといって人目の多い公衆浴場にも行く気にならず、ずっと水浴びだけで済ませていたという。

風呂文化が浸透しているこの地で、風呂を避けねばならないとは。

──なんか、すごく可哀想。

風呂好きな日本人としては、同情を禁じ得ない。

「お風呂も治療の一環ですから、ゆっくり浸かってくださいね。マッサージをする間は、毎日お風呂に入ってもらいますから」

「……そうか」

それまでムスッとしていたライアスの顔が緩《ゆる》む。

ライアスが風呂場の床で滑っては大変なので、念のためジョルトに様子を見てもらいつつ入浴させる。風呂から上がると、毛並みがパサついていた尻尾がボリュームを取り戻した。

「風呂とは、やはりいいものだな」

ライアスが果実水を飲みながら、ポツリと漏らした。

「私の故郷には湯治《とうじ》という言葉があります。お風呂は身体を健康にしてくれるんですよ」

温泉だとなおいいが、普通の風呂でも十分な効果がある。ちなみにこの世界にも温泉があるらしく、美紀はいつかジョルトに連れていってもらおうと思っている。

「お湯に好きな匂いのオイルを垂らしたり、香りのいいお茶の葉を入れたりするのもリラックスできます」

涼しくなってから市場には柑橘《かんきつ》系の果物が並び始めたので、今度柚子湯《ゆずゆ》もどきをやってみるのもいいかもしれない。

「湯に香りをつけるなんて、聞いたことがないな」

美紀の説明にライアスが目を見張る。確かに石鹸《せっけん》やシャンプーはあっても、入浴剤がない。家に風呂があるのはごく少数の金持ちで、普通の人は公衆浴場に行くからだろう。

美紀がお風呂のお湯にお茶の葉やオイルを入れた時、ジョルトも驚いたものだ。

「今までなにも知らずに入っていたが、風呂にはそんな効果があったのだな」

そう話すライアスの耳がピルピルと動く。予想外に風呂で気持ちがほぐれたようだ。

美紀は食事の面での治療も考えた。警備隊でのライアスは時間を惜しみ、食べやすいものを早食いしていたという。

「身体を治すには、食事も大事なんですよ」

ライアスには主食・主菜・副菜をゆっくりと噛んで食べてもらう。

「こんなに時間をかけて食事をしたのは、子供の頃以来だ」

「傭兵も警備隊も、基本早食いだしな」

一緒に食事をしながらジョルトも苦笑する。彼も美紀と出会う前は、食事は杜撰《ずさん》だったらしい。ジョルトが初めて美紀に食事を作ってくれた時、実はかなり久しぶりの料理だったという。

──まともな料理が出てきたのが奇跡だったとか、知りたくなかったわね。

とはいえ美紀が風呂掃除している間にキッチンで悪戦苦闘する姿を想像すると、可愛く思える。

それから一週間が経った頃、頼んでいた歩行器が出来上がった。

「今日はこれで歩いてみましょう」

「……分かった」

歩く許可が出たライアスは、うれしさと不安の入り混じった表情を浮かべる。上手く歩けるかどうか分からないので、怖いのだろうか。そんなライアスに、美紀はニコリと笑う。

「足の状態は改善してきていますから、以前よりも動くはずです」

そう、たった一週間でライアスの麻痺《まひ》が治り始めているのだ。獣人の肉体は、やはり強靭《きょうじん》なのだと実感する。

早速ライアスに家の前の道で、歩行器を使って歩いてもらう。片手で握る杖に比べて、歩行器は両腕で握るため、上半身を安定させることができる。つまり、歩くのに変な力が入らずに済むのだ。

バランスを崩した時のために隣にジョルトがついて、ライアスは一歩前に踏み出した。歩行器の車輪がコロコロと前に進む。麻痺《まひ》していた右足は、以前はまるで棒切れだったのに、今はぎこちなくともちゃんと大地を踏みしめていた。

「本当に、足が動く……」

「やった！」

呆然とするライアスを見て、美紀はジョルトに抱き着いて喜ぶ。まだ機械仕掛けのようなぎこちない動きだが、それでも麻痺《まひ》して動かなかった頃に比べれば大進歩だ。なにより自分の足で歩いている実感が持てるのが、ライアスはうれしかったようだ。

「自分で、歩ける！」

ライアスの目には、薄《うっす》らと涙が滲《にじ》んでいた。

それから根気よくマッサージ治療と歩行訓練を続けてさらに一カ月が経つと、ライアスの右足の麻痺《まひ》はほとんどなくなっていた。歩行器を使わずとも歩けるライアスを見て、ジョルトが提案する。

「一度、獣体になって走ってみるか？」

この言葉に、ライアスの顔は緊張で固まった。

「……怪我をして以来、私は獣体になっていない」

ライアスは自分が右足を引きずる様《さま》を見たくなくて、一度も獣体になっていないという。狼族にとって走れないことは相当なハンデだ。怪我は美紀の想像よりもずっと、ライアスに大きなトラウマを植えつけたのだろう。

「今それだけ動くんだ、狼になってもきっと動くさ」

ジョルトに励まされ、ライアスは街の周辺を少し駆けてくることになった。人目につかないコースは、ガルシャの治療の時に把握済みだそうだ。

「では、行ってくる」

「気を付けてね」

これで問題なく走ることができれば、ライアスの治療は完了にしてもいいだろう。自分でマッサージをする方法も教えてあるので、実家や隊舎に戻っても続けられるはずだ。

それからしばらく、美紀は昼食を用意しながら待つ。

「ミキ、帰ったぞ」

ジョルトの声が聞こえる。

「どうだった⁉」

美紀が玄関に駆けつけると、ライアスが床に座って両手をついていた。

「出会った当初、あなたに大変失礼な態度を取ったことを、深くお詫びしたい」

そう言って深々と頭を下げるライアスに、美紀は苦笑する。

——土下座の文化って、ここにもあるのね。

人生初の土下座を受けた美紀は、とりあえずライアスを立たせる。

「その様子だと、大成功だった？」

「ああ、さすが狼族は足が速い」

ジョルトが頷く。ライアスが言うには、以前のようなスピードは出せないものの、問題なく走ることができたという。

「私は久しぶりに風を切る感覚を受けて、足が動くのがこれほどに有り難いものかと泣きそうになった」

そう言うそばから、ライアスは涙ぐんでいる。

「だったら、あなたの治療はこれで完了です。ライアス、お疲れ様でした！」

「あなたのおかげで私は憂《うれ》いがなくなった。これで実家に帰って堂々と家族に顔を見せられる」

ライアスの表情は晴れやかだ。

怪我や障害は人の気持ちを後ろ向きにさせてしまい、再び前を向くには相当の労力が必要になる。怪我の治療は、彼の心の治療でもあったのだろう。

――ライアスさんが前を向く手助けができたのかな。

だとしたら、感謝するのは美紀の方だ。日本でのOL時代、誰かの役に立っているなんて感じたことがなかった。なにかをやり遂げたという達成感を、ガルシャとライアスは与えてくれたのだ。そのことを、美紀は本当に有り難いと思った。

その日の夜、ライアスの快気祝いとお別れの会を兼ねてパーティを行った。賑やかな方がいいだろうと、アニエス一家も招待した。ライアスは意外に子供好きらしく、子鼠と子豹の兄弟とうれしそうに触れ合っていた。

もちろんうどんも作った。最近涼しくなってきたので、小魚のかき揚げをトッピングした温かいうどんである。

「このような麺の食べ方は初めてだ」

うどんはライアスにも好評だった。こうして徐々に、うどんの市民権を獲得していきたい。

そして翌朝、美紀とジョルトはライアスを門まで見送りに行った。

「右足の状態は、教えたマッサージを続ければもっとよくなりますから、根気よく続けてくださいね。食事もバランスよく、特にお風呂は大事です」

「俺達みたいな仕事は、怪我が一番怖い。これからも十分注意しろよ」

美紀とジョルトのアドバイスに、ライアスは素直に頷く。

「兄上に相談して、隊舎にも風呂を造ってもらえるように進言しようと思う。兄上は警備隊で発言力があるのだ」

「それはいいですね！」

ジョルトやライアスのような身体を動かす仕事の人は、一日の終わりに疲れた筋肉を風呂でほぐせば怪我の防止に繋がる。つまり、より長く仕事に就けるようになるのだ。

「うむ、私はこの経験を後輩にも伝えていくつもりだ」

姿勢を正して話すライアスからは、威厳らしきものを感じる。

ライアスは帰りの馬車の中で、いつまでも手を振っていた。

長かったライアスの治療が終わり、美紀はジョルトと二人で一息吐くことにした。一仕事終えた解放感から、二人で酌み交わすのは酒である。

「色々あって疲れたぁ」

緊張感から解放された美紀は、クッションに身体を預ける。

「今回はガルシャの時よりやることが多かったしな」

だらけた美紀に、ジョルトが苦笑する。獣人にはリハビリや食事療法といった考え方がないので、必要性を分かってもらうための説明や食事の用意に苦労したのだ。

「あのライアスさんって、もしかして結構なお坊ちゃんなのかしら？」

初めて会ったのが酔っ払い姿だったので分からなかったが、去り際のライアスを思い返すとそんな感想を抱く。

「ずっとホテル住まいだったし、実家には風呂があるという話だしな。警備隊でもお偉いさんの家系なのかもしれない」

ジョルトが言うには、ライアスの滞在中、ガルタの街の警備隊が少しピリピリしていたそうだ。都の警備隊に所属していると言っていたが、出世コースにいる人なのかもしれない。

「そんなエリートだったら、怪我はなおさら応《こた》えただろう」

ジョルトの言う通りだとしたら、ライアスの怪我は、彼の出世の足を引っ張るには格好の材料だったわけだ。ライアスが周囲から受けていた同情や蔑《さげす》みの中には、出世する彼を妬《ねた》む輩《やから》のやっかみもあったのだろう。

――どこの世界も、組織に属するのは世知辛いものなのかも。

この時の酒は、ほんのり苦い味がした。

最近は季節がいっそう進み、風を冷たく感じるほどになった。

そろそろ仕事を再開することにしたジョルトが斡旋所《あっせんしょ》に出かけ、美紀はのんびりと昼下がりを過ごしていた。

「おーいミキ、いるかい？」

ふと、外からそんな風に呼ばれた。

「この声は、アニエスだ」

美紀が玄関先に出てみれば、子供達を抱えたアニエスの後ろにメルもくっついている。

「アニエス、メルさんもいらっしゃ……」

言いかけて、美紀は言葉を途切れさせた。メルの後ろにボリュームのあるモフモフの尻尾が見えたのだ。

その尻尾は栗鼠《りす》らしくボリュームがあり、キュッと丸まっている。

「あの、どうも……」

現れたのは小柄な女性だ。小さくか細い声で挨拶する女性の後ろに、同じ栗鼠《りす》の尻尾の四、五歳くらいの男の子がいる。

——なにこの可愛い行列！

美紀は栗鼠《りす》の尻尾に胸を撃ち抜かれた。できるなら抱き着いてモフモフしたい。

「あの、ミキさんにお願いがありまして……」

「なんだ、どうした？」

メルが美紀に話を切り出そうとした時、ジョルトが帰ってきた。

「あ、ジョルト、お帰り」

「ひぃ……！」

美紀が手を振って迎える一方で、栗鼠《りす》の女性が悲鳴のような声を上げ、気を失った。

「え、ちょっと⁉」

その女性にしがみ付いていた少年は、涙目でプルプルしている。

「なに、どうしたの、発作かなにか⁉」

突然のことにパニック寸前の美紀の肩を、アニエスがポンと叩いた。

「ミキ、安心しな。アタシに会った時もコレをやっているから」

「……え？」

目を丸くする美紀に、メルがペコリと頭を下げる。

「すみません、この親子は鼠族の暮らす里から滅多に出ないんで、虎族や豹族に耐性がなくて……」

どうやらジョルトが怖かったらしい。

――確かに、メルさんも最初はジョルトがいない家にすら、入りたがらなかったもんね。

美紀はジョルトに女性を運んでもらい、リビングでメル達にお茶を出して話を聞くことにした。

「こっちの女性はマリーといい、僕の従兄弟《いとこ》の妻の栗鼠族《りす》です。あっちはその息子のピット」

気を失ったままのマリーの近くで、ピットはアニエスの子供達と遊んでいる。子供達の様子を横目に、メルがモジモジしながら語る。

「ガルシャさんやライアスさんの話を聞いて、もしやピットの耳も治るのではと思ってしまって……」

「耳、ですか？」

美紀は子供達の遊ぶ一画を見た。

ピットはアニエスの子達のために置いてあるぬいぐるみや積み木で、楽しそうに遊んでいる。子供の方が順応性が高いらしく、ピットはもうジョルトやアニエスに怯《おび》えていない。たまに彼のモコモコの尻尾に鼠族の兄が引っかかって転がっているのが、とても可愛い。

「ピットは生まれてすぐに何日も続く高熱を出しまして。その影響で今も耳が聞こえ辛いのです。全く聞こえないわけではないようなのですが、会話をするのは無理ですね」

メルの話す内容に、美紀は眉をひそめる。

――そう言われれば、ピットくんが喋《しゃべ》るのを聞いていない。

今もアニエスの子供達相手に「あー」とか「うー」とか言っているだけ。補聴器などないであろうこの世界で、難聴はさぞや不自由だろう。

「あんなに、可愛い子なのに……」

ピットが音のない世界で生きているのかと思うと、美紀は胸がぎゅっと締め付けられるような痛みを覚えた。

そんな美紀の腕を、誰かがガシッと掴む。

「あの、お金はなんとか用意しますから、どうかピットを救ってください！　お願いします！」

「うわ、マリーさん⁉」

マリーはいつの間にか目を覚まして話を聞いていたらしく、床に頭を擦り付けて「お願いします」を繰り返す。

――こんなの、断れるわけないじゃないの。

この小さなピットの未来を、もっと賑やかなものにしてあげたい。

「とにかく、やってみます！」

こうしてピットの聴覚治療が始まった。

音は耳だけで聞いているのではない。耳に届いた震動を脳が認識し、音になる。耳や脳は血流の影響を受けやすく、生活の乱れが直結する器官でもある。

なのでピットには基本の全身の循環をよくするマッサージと、耳に関するツボ押しをすることにした。

けれど、音が聞こえないピットに説明するのは難しい。マッサージの準備をする美紀を見て、ピットは少し怯《おび》えていた。

「知らない女の人が身体にベタベタ触るのって、普通怖いわよね……」

「うーん」と唸る美紀に、マリーも頷く。

「確かに、ピットは知らない人をすごく怖がります」

ピットは、見た目以外で人となりを把握する術《すべ》がない。人見知りになって当然だろう。

ピットにマッサージを受け入れてもらう方法を考えた末、美紀はマリーに先にマッサージを受けてもらい、それと同じことをピットに行うことにした。

「この全身の循環をよくするマッサージは、全ての基本です。ピットくんや他のご家族のために、マリーさんも覚えておいて損はないですよ」

「はっ、はい！」

ピットや家族のためと聞き、マリーの尻尾がぎゅっと丸まった。どうやら気合を入れたらしい。

早速マリーはリビングに敷いたシーツに横になる。香りのいいオイルでマッサージを受けると、うっとりとした顔になる。

「きもちいい～……」

「でしょう？」

栗鼠《りす》の大きなフカッとした尻尾が揺れる際に身体を掠めるのが、美紀にとってはまるでご褒美だ。

肝心のピットに目を向けると、マリーがなにをしているのか気になるのだろう、こちらへ近付いてきた。

「……？」

音が聞こえないピットにとって、嗅覚《きゅうかく》は大事な判断材料のはず。マリーの選んだ甘い香りのオイルで引き寄せられたのだろう。

「ピットくんもやりたい？」

美紀がニコリと笑って、マリーの隣に敷いたもう一枚のシーツを叩く。すると、ピットが尻尾をキュンと巻いてそこに寝転び、オイルの入った瓶を突《つつ》く。そのオイルをピットの肌にも垂らしてやると、パアッと表情を明るくした。

子供の身体は大人よりも繊細なので、より慎重にして無理をしない。

マッサージの後の入浴も母子一緒だ。できるだけ長く浸かれるように、アニエスが貸してくれたお風呂のおもちゃをお湯に浮かべた。

「ふわぁ、贅沢～……」

「ふふ、たまにはゆっくり贅沢するのも、身体には大事なんですよ」

二人に風呂上がりの果実水を勧めながら、美紀は笑う。

翌日には、ピットはマリーがリラックスしている姿を見て安心したのか、マッサージされることを怖がらなくなった。

マッサージの効果はピットよりも先にマリーの方に現れた。肌艶《はだつや》もそうだが、尻尾の毛艶《けづや》が明らかによくなっている。

「私、なんだか若返った気がする」

「それも、お風呂とマッサージの効果です」

鏡を見て目を輝かせるマリーに、美紀は胸を張る。

――栗鼠《りす》の尻尾のモフモフ具合が増しているじゃないの……！

美紀はちょっとだけ、あの尻尾に巻かれてみたい衝動に駆られた。それをすると変態と思われるので間違っても言わないが、ジョルトあたりは察しているかもしれない。

そうしてマッサージを始めた三日目の早朝、それは起こった。

「うわあぁぁ、あぁぁ！」

マリー達が滞在する客間から、ピットの泣き声が家中に響いた。

――何事!?

二度寝をしかけていた美紀は、慌ててベールと上着を着こんで客間に駆けつける。

「どうしたんですか!?」

「分かりません。目を覚ましたと思ったら、急に泣き出してしまって……」

ピットを抱き上げているマリーも、原因が分からずオロオロとするばかり。

「どうしよう、熱がある？　それともお腹が痛い？」

美紀は熱を測ったりしてピットの状態を確認する。すると、怖がるマリーに気を使って距離を取り、部屋の外から眺めていたジョルトが中に入ってきた。

「……どうしたの？」

ジョルトは首を傾げる美紀の横にしゃがみ、ピットに視線を合わせると――

パァン！

突然、ピットの目の前で手を叩いた。

「わぁぁぁん！」

するとピットがいっそう激しく泣く。

「ちょっと、小さい子を苛《いじ》めてどうするの！」

怒る美紀を、ジョルトは片手で制する。

「こいつ、音が聞こえているぞ」

「……え？」

ジョルトの言葉に、美紀の思考が一瞬止まる。その間も、ジョルトは泣くピットの目の前でパチン、と指を鳴らしている。

「目が、足だったり手だったり、音を立てるものを追っている。聞き慣れない音に驚いているんじゃないか？」

「本当なのピット!?」

「ふえぇぇん！」

驚いたマリーが大きな声で迫ると、ピットはさらに酷く泣きじゃくる。

「本当だ、声が、聞こえてる！」

その後、感激したマリーと音に驚くピットの二人でわんわん泣き続けた。ピットが泣き疲れて寝たところで、ようやく静かになる。

とりあえず全員リビングに移動し、朝食にすることにした。ピットはそのままリビングの隅で毛布に包まっている。

「……予想以上に、回復が早かったわね」

美紀はお茶を飲みながらポツリと呟《つぶや》く。

ピットの耳が聞こえ辛かった原因は、身体のほんのちょっとした不具合だったのかもしれない。だとしたら、一度聞こえるようになったら再発したりはしないだろう。

「これからたくさん話しかければ、きっと言葉も覚えますすね」

「……！」

マリーは感激して言葉も出ないようで、泣きながら頭を下げた。

しばらくしてピットが目を覚ました。マリーはできる限り静かに語り掛け、自身の声に慣らす。それから、遊ぶ際に音の出るぬいぐるみや鈴を与えると、グスグス泣いていたのが止まった。音が怖いものではないと分かったらしい。

一度聞こえ出したら回復は早く、さらに二日後にはピットは通常の聴力を取り戻した。

――やっぱり獣人って半端ないわね。

こうして、ピットのマッサージ治療が終わった。

ガルシャやライアスの時と同じくお祝いのパーティを開き、アニエス一家を招待する。

すると、やってきたメルがうれしさのあまり号泣し出した。

「親戚一同、ミキさんに感謝します！」

「ミャウー！」

「チュー！」

メルに釣られて子供達まで泣いていて、アニエスが苦笑しながら三人を宥《なだ》めている。

マリーはというと、感激の涙を流し尽くして落ち着いたらしく、家に帰ってからのことを考えていた。今のピットは、耳が不自由なこと以外は元気なのだが、家にいた頃は病気がちで、しょっちゅう熱を出す子だったという。

「たぶん、マッサージやお風呂で血行がよくなった影響だと思います」

「そうなんですか」

美紀の説明でピットが健康な身体になれると分かり、マリーは希望に目を輝かせる。

「この子や家族のために、お風呂を造ろうかしら？　でも場所がねぇ、家はそんなに大きくないし……」

悩むマリーに、美紀は助言する。

「お風呂は広くなくてもいいんですよ？」

このあたりは公衆浴場か金持ちの家にしか風呂がないので、浴槽を小さく造るという発想がないのかもしれない。けれど浴槽が大きくなくても、効果は十分だ。

――広いお風呂は気分がいいけどね。

「私の故郷はどの家にも大抵お風呂があったんですが、浴槽も洗い場も小さなものです」

特に鼠族なら身体はそう大きくはないから、日本のような小さな浴槽で十分なはず。

家の風呂は小さく造り、広い風呂に入りたくなったら公衆浴場に行けばいい。

このあたりの風呂は石造りの浴槽がスタンダードのようだが、小さくするなら檜《ひのき》風呂のような木造りの浴槽もいいだろう。

「木製って、要は大きな桶みたいなものですかね」

マリーが木造りの浴槽に興味を惹かれている。鼠族の里は森に囲まれているそうで、森林資源は豊富だという。

「帰ったら近所の大工に相談してみます！」

マリーはやる気だ。案外これで安価な家庭用湯船が普及し、風呂がもっと身近になるかもしれない。

そうして栗鼠《りす》親子が帰った後、美紀達がのんびりとした生活を送れたかというと、そうでもなかった。

ガルシャとライアスの噂を聞きつけた人達が、美紀のマッサージを求めて遠方からやってくるようになったのだ。噂によると、美紀は医者に見放された人々を救った『奇跡を起こす女』と言われているという。

——奇跡なのは獣人の身体の方だからね。

繰り返すが、人間相手だとこんな結果にはならないのだ。

とはいえ、困っている人がいるのならば、美紀は助けたいと思っている。

ただ、来る人が多すぎて正直手が回っていない状態だ。

マッサージを仕事にしたいと思っていたが、こんなに仕事に忙殺されたかったわけではない。

ジョルトが傭兵の仕事を休んで助けてくれているが、それにも限界がある。

——これって、誰か助手を雇った方がいいんじゃない？

むしろ、マッサージの技術を誰かに教えた方がいい気がする。もし世界中の患者に押し寄せられたら、美紀一人で捌《さば》けるはずがない。

今のところ最初の三人ほどの重症者はいないが、いずれも『え、この程度のことで？』と思える怪我や病気が、放っておかれて悪化しているようだった。

「医者はなにしているのよ？」

怒涛《どとう》の忙しさを乗り越えたある日の夕食の席で、美紀は思わずぼやく。誰も彼も、匙《さじ》を投げられるのが早すぎる気がする。

美紀の指摘に、ジョルトが苦笑した。

「医者探しっていうのは、博打《ばくち》みたいなもんでな……」

初期症状から丁寧に治療する医者もいれば、『そのくらい寝ていれば治るだろう』と患者をよく診《み》もせずに、薬だけ出す医者もいるという。なのに医療費はとても高い。

「都会に行くほど、ハズレ医者が増えるな」

「そりゃ確かに、博打《ばくち》ね」

ハズレの医者に無駄金を払いたくないせいで、医者にかかるのが遅れてしまうのかもしれない。

それにしても、準備が整わないままにマッサージ人気が出てしまい、色々弊害が出ているのは困ったものだ。なにより、あれからなし崩し的にリビングでマッサージをし続けているのだ。

——リビングって、本来なら家族がくつろぐ場所よね。

それを仕事場にするのは、私生活面でよくない。ジョルトに申し訳なく思った美紀は、彼に相談した。

「なら、一階の部屋を改装するか？」

「それがいいかも……」

ジョルトの提案に、美紀も頷く。

早速、以前歩行器を作る際にお世話になった木工店に相談した。結果、通りに面した部屋に、玄関とは別の入り口を設けてはどうかと提案された。

――これで仕事とプライベートの区別ができるわ。

こうして部屋を仕事場に改装し、美紀はマッサージ店を開業した。

すると、『マッサージ』という新たな商売に目をつけ、技術を盗もうとする者も出てきたが、同業者が欲しい美紀にとっては願ったり叶ったりだ。

「見学は大歓迎ですよー、質問も後で受け付けますから」

そう言って人を招き入れ、施術しているところを見学してもらう。技術指導料を貰えれば、細かいマッサージの技術も教えた。全ては今の忙しさを分散させるためである。

しかし、有名になると苦労もある。『奇跡の人』を一目見ようという追っかけも現れ、美紀は以前にも増してきっちり顔を隠すようになった。

――なんだか、気分は芸能人ね。

挙句に家を覗き見ようとする者まで出る始末だ。ジョルトの気配を恐れて家の敷地内にこそ侵入されていないが、覗き見が減る様子はない。

さすがにこれは犯罪だということで、街の警備隊が取り締まっているが、一向に改善される様子はなかった。

そんなある夜、美紀はジョルトと二人で風呂に入りながら大きくため息を吐く。

「奇跡の人とか言われると、背中がムズムズするわ」

すっかり風が冷たくなり、風呂に入るのが快適な季節になった。ちなみに浴室は奥にあるので、通りから覗き見られる心配がない。今の美紀にとって、唯一安らげる場所と言えた。

「まあ、皆もそのうち飽きるさ」

愚痴る美紀を、ジョルトが苦笑して抱き寄せた。だが慰《なぐさ》めの言葉にも、美紀の気持ちは浮上しない。

そもそも、獣人の体調管理が杜撰《ずさん》なのがいけないのだ。寝れば治るという考えを改め、ちゃんと医者に行きその後のケアもしていれば、と思える事案がいくつもあった。自分の身体をもっと大事にしてほしいものである。

技術指導をした人達が頑張ればマッサージ店が増える。そうすれば、いずれ美紀のマッサージ技術も特別なものではなくなる。

——でも、それっていつのことだろう……

少なくとも数年では無理な気がする。助手を雇う案も、美紀が人間であることを隠している以上、信頼できる相手を選ばなければならない。その見極めには時間がかかるのだ。

美紀はため息をごまかすように、顔半分をお湯に沈めた。するとジョルトは、口からブクブクと泡を吐く美紀を引き上げ、そのウエストに尻尾をキュッと絡み付かせる。

「他人の身体のことばっかりじゃなくて、そろそろ俺らのことも考えてくれよな」

お湯の中で尻尾を揉んで遊ぶ美紀に、ジョルトがこつんとおでこをくっつけた。

「……考えるって、なにを？」

なにか頼まれごとでもしていただろうかと、首を傾げる美紀の頬を、ジョルトがぺろりと舐めた。

「子供だ、子供。そろそろデキてもいいと思うんだがなぁ」

「まあ、そうね……」

美紀達は今でも毎晩夫婦の営みをしている。美紀の負担を考えて回数は抑えているものの、欠かすことはない。なにせジョルトと触れ合うことは、美紀の安全に直結する行為なのだ。

だからこそ、確かに子供ができてもいい頃だけれど、人間と獣人の妊娠確率はどうなのだろう。そして自分が産むのは、果たして虎か人間か。

――楽しみなような、悩ましいような。

「でも子供は可愛いもんなぁ」

そういえばあの虎人の里の子虎は、もう人の姿になれただろうか。いつか会いに行ってみるのもいいかもしれない。

「白虎の子供も、きっと可愛いぞ」

ジョルトに言われて、白い子虎を抱いている自分を想像する。

親ならばきっと耳も尻尾も肉球も触り放題だろう。もし人間の赤ん坊で生まれたなら、きっと獣人達はパニックだ。もしくは獣人と人間のハイブリッドで生まれる可能性もある。

「どちらにしても、産んでからのお楽しみかぁ」

生まれた我が子を見て、『こう来たか！』と叫んでみるのもいいかもしれない。

「うん、やっぱり子供欲しいかな」

これぱかりは夫の協力が必要なので、美紀はジョルトにぎゅっと抱き着く。

「よし、なら今夜も励んでみるか」

ジョルトが美紀を抱いたまま立ち上がる。

「いきなり立たれると怖いから！」

悲鳴を上げてしがみ付く美紀を、ジョルトが笑った。

この時、風向きが風上だったせいで、美紀はもちろん、嗅覚《きゅうかく》の鋭いジョルトも気付いていなかった。

風呂から見える庭の木の陰に、何者かが潜《ひそ》んでいたことを。

第六章　珍獣にコレクターはつきものらしい

忙しかったマッサージ業だが、ちゃんとルールを決めようということで、営業時間と定休日を決めることにした。でないと美紀が過労で倒れてしまう。医者の不養生ではないが、マッサージ師が忙しさで倒れては、本末転倒だ。

そうして店が順調に回り始めた頃、ジョルトが斡旋《あっせん》所から苦い顔をして帰ってきた。

「あの娘、この街に帰ってきているそうだ」

「あの娘って？」

話が分からない美紀に、ジョルトは嫌そうに続けた。

「モネットだ、俺が依頼を受けさせられた女だよ。都に落ち着いてくれると思ったんだが……」

なんでも斡旋《あっせん》所で、モネットのお見合いの顛末《てんまつ》を聞いたらしい。

話によると、モネットは相当ごねたものの、最終的にはお見合いをした。お見合い相手は父親の取引先の子息ばかりで、結構な金持ち揃いだったという。

他人の目からすると不足のない相手だが、当のモネットは違った。なによりモネット自慢の銀の毛並みに表面上の興味しか示さないどころか、父親の仕事の話ばかりされ、不満が爆発する。

『どいつもこいつも何様なのよ！　美しくもない凡庸《ぼんよう》な毛並みしか持っていないくせに！』

モネットがそう怒鳴り散らしているのを、多くの人が聞いていた。

「けど、親父さんがお見合いに大物を引っ張り出したみたいでな」

どんなコネを使ったのか、モネットの父親は国の偉い人とお見合いをセッティングした。父親的には、その偉い人が今回のお見合いの大本命だったらしい。

「俺もその人に会ったことがあるんだが、銀の毛並みの狼族で、当然希少種だ」

白虎に執着するくらいの希少種好きなモネットは、ちょっとときめいたらしい。だが――

『醜悪な女だ。あなたの父君の顔を立てて会ってみたが、時間の無駄だったな』

銀の狼族はそう言い捨てて、名乗りすらせず部屋を出ていったという。

「その人も仕方なく見合いを承知したんだろうが、モネットの性格がよほどだったんだろうな」

「なんていうか、その狼族の人も強烈ねー……」

だが、プライドの高いモネットのことだ、さぞ怒り狂ったことだろう。

「親父さんはなんとかあのじゃじゃ馬を黙らせる旦那をと思ったんだろうが、結局全員逃げたらしい」

つまり、お見合いは失敗に終わったということだ。

――お金より毛並みなのか、あのお嬢様って。

日本にいた時も結婚の話になると、『顔か金か』という議論は時折聞くことがあった。どんなに顔とスタイルがよくて他人に自慢できる恋人でも、結婚となると日々の生活にお金が必要になる。

「まあ、お嬢様って、お金に困ったことがない人なんだろうね」

貧乏の経験もないし今後も想定していないから、見た目だけにこだわれるのだろう。

アニエスにチラリと聞いたが、モネットの父は若くして商売に成功した結構なやり手らしい。だがその親の才覚は、娘には遺伝しなかったようだ。モネットは浪費するばかりで商売の才はからっきし。それどころか、お金は泉のように湧いてくると思っている節もあるという。

――典型的な駄目駄目お嬢様ね。

そんなモネットと見合いをする羽目になった男性陣が、ある意味気の毒に思える。

「いくらモネットの家が金持ちでも、あの異常な毛並み至上主義じゃあ、男が逃げるのは当然といえば当然か」

ジョルトは実に嫌そうに口にする。この様子なら、ジョルトがモネットになびくことはないだろう。

「それで都を飛び出した怒り心頭なモネットが、今この街に逃げ帰ってきているらしい。だからミキも出歩く時は気を付けろよ」

「分かったわ」

ジョルトの忠告に、美紀は素直に頷いた。


こうして仕事も夫婦生活も順調な美紀だが、最近気になっていることがある。

——そういえば、生理がずっとないわ。

先日、ジョルトに『子供を作ろう』と言われるまで、どのくらい生理がなかったかなど数えてもいなかった。

そもそも、美紀は日本にいた時から生理不順だった。それが急に異世界に流され、紆余曲折《うよきょくせつ》を経てようやく落ち着いた暮らしを送れるかと思いきや、予想外のマッサージ効果での多忙な日々。自分の体調に考えが及ばないのも無理はない。

そして改めて考えて、この事実を発見したわけだが——

——生理不順？　それとも妊娠？

どちらも可能性があるので、判断できない。

こんな風に美紀が頭を悩ませていた時のこと、久々にジョルトに仕事が入った。

しかも、虎人の里までの案内だという。

「案内って、なにをするの？」

以前もあの里へ学者を案内する仕事があると言っていたが、あそこに研究するようななにかがあるのだろうか。首を捻《ひね》る美紀に、ジョルトが教えてくれた。

「あの里のさらに奥に、古い遺跡があるんだ」

むしろ遺跡を守るように、虎人の里が存在するのだそうだ。そこに学者を護衛しつつ案内するのが仕事らしい。

「密林は迷いやすい上に、あそこの住人はよそ者を警戒する。だから案内人が必要なんだ」

見知ったジョルトが連れていく相手は歓迎してくれるが、知らない相手だと叩き出されるという。確かにあの屈強な住人達なら、気に食わない相手はポイッと放り出しそうだ。

「この仕事ばかりは、俺でないと駄目でな」

ジョルト曰《いわ》く、指名されたわけではないが、彼にしかできない仕事なので回されたそうだ。

「ジョルトは、どうして警戒されないの？」

――拳と拳で語り合ったとか？

少年漫画のような展開を想像する美紀に、ジョルトが「面白い話じゃないぞ」と肩を竦《すく》めて語ってくれた。

「昔、密林の外であそこの住人に会ってな」

若者が外の街へお遣いに出たはいいが、初めての外にはしゃいで財布を失くしてしまったという。財布を見つけないことにはお遣いもできない。大きな図体の虎が川辺でしょんぼりしているところに、ジョルトが偶然通りかかったのだとか。

「金を立て替えてやったら、えらく感謝されてな。遊びに来いって言われてついていったんだ」

虎人の里の人々とは、それ以来の仲だという。

――初めてのお遣いを助けてやったのね。

血湧き肉躍《おど》るようなことかと思っていたら、実にほのぼのとした理由だった。

「今度のお仕事はどのくらい日数がかかるの？」

「そうだな、あそこまで連れていって、帰る時にまた迎えに行くだけだ。長く家を空けるわけじゃない」

　ということは、往復で一週間程度を二回と考えればいいわけだ。

　モネットの時に比べれば、楽に終わるだろう。

「分かった。虎人の皆によろしくね。なにかお土産《みやげ》いるかな？」

　せっかくなので、元気にしているとアルザに知らせたい。

「あいつらは酒を喜ぶぞ」

　美紀の思いを汲んで、ジョルトがアドバイスをする。

　それからジョルトが持っていく食料や土産《みやげ》物の酒などを物色して、準備を整えた。

　この際、美紀は生理のことを言うべきか迷ったが、今から仕事に行くジョルトに、心配事を背負わせることもない。それに、ひょっとしたらジョルトがいない間に生理が来る可能性だってある。

　――うん、様子見かな。

　美紀はそう考えて、黙っておくことにした。

　そして迎えた出発当日、美紀は家の玄関で見送ることになった。

「ジョルト、お仕事頑張って」

美紀は新婚夫婦っぽく、ジョルトをぎゅっと抱きしめてみた。前回の見送りはベッドの上からだったので、それに比べればマシな見送り方だろう。

「おう、急いで行って急いで帰ってくるからな」

ジョルトがニヤッと笑ってキスをした。

「……同行する人が可哀想だからやめてあげて」

急ぐあまり、ジェットコースターの速度が上がっては、連れていく学者が気の毒だ。

本当は街の出入り口までついていきたいのだが、色々な連中がたむろする場所なので、安全を考えて止められた。

——なんと言っても、私って超希少な人間だものね。

普通に生活していると忘れそうになるが、希少種は色々危ないのだ。

それに、いつかの黒兎の件もある。あの後、ジョルトに伝えたら警備隊に相談してくれた。黒兎は美紀以外にも獣体を隠す相手に執拗《しつよう》に迫っているようで、警備隊が捕まえようとしているものの、なかなか姿を見せないらしい。

早く黒兎を捕まえてもらって、安心して買い物できるようになってほしいものだ。

そうしてジョルトが案内の仕事に出かけていったが、二度目の留守番ともなれば美紀も慣れたものだ。家事に仕事、そしてたまに日本の味を再現しようと料理にのめり込んでいる。

ちなみに、ジョルトがいない間のマッサージは、客を選ぶことにした。

――身体が大きな獣人を、一人で相手するのは正直怖いし。

短時間で済みそうな軽い症状の患者を選び、あとはジョルトが帰ってくるだろう頃に出直してもらっている。揉めるかと思ったが、獣人は弱小種の恐れをよく理解しているため、素直に引き下がってくれた。遠方から来ているのでどうしても、と言われた場合はアニエスに立ち合いをお願いするつもりだが、今のところは大丈夫そうだ。

「ジョルトがいない間、この子達を置いておくといいさ」

アニエスがそう言って連れてきたのは、子鼠と子豹の兄弟だ。弟の方は小さくても豹族、威嚇《いかく》効果は十分だという。

「ミャウ！」

子豹の気合も十分だ。

「弱小種は、行動に気を付けるに越したことはないからねぇ。ミキはさらに希少種だって話だし」

「そうね」

夫が弱小種であるアニエスの言葉に、美紀も深く頷く。

こうして美紀の行動範囲は、家と市場とアニエスの店だけで済むことになった。人によっては息苦しい生活だと言うかもしれないが、何事も安全には替えられない。あの怪しい黒兎みたいな輩《やから》に絡まれるのは、もう御免だ。

そんな風にして過ごしていたある日、美紀は日が暮れる前に市場へ買い出しに出かけた。寒さを感じ始める季節となり、店先に並ぶ品物も様変わりしている。買い物客で混み合う通りを、美紀が縫うように歩いていると——

「あ！」

バシャァン！

「きゃあ！」

細い路地から声がしたかと思ったら、突然水をかけられた。

結構な量をかけられて美紀は全身びしょ濡れになり、髪の毛の先からポタポタと雫が落ちる。

「すみません！」

影になって見え辛い路地の奥から、男性の謝る声がした。掃除でもしていたのだろうか。通りを歩く誰も美紀を気にかけないので、よくあることなのかもしれない。

――ぼうっと歩いている方が悪いって、思われてるのかしら。

家に帰って着替えてから出直そうと、美紀はため息を吐く。

「……次は気を付けてください」

そう言って引き返そうとした美紀の腕を、路地から伸びた手が掴んだ。

「風邪をひくといけないので、是非うちで着替えをしていってください！」

「いいです、帰りますから」

外での着替えはリスクがあるので、美紀はその人の親切を手を振って断る。

が、しかし――

「いいや、寄ってもらわなければ困る」

突然男性の口調が変わったかと思ったら、掴まれた腕を強く引かれ、路地の奥に引きずり込まれた。

「痛っ！」

不意打ちだったので、美紀は踏ん張れずに路地裏に転がる羽目になる。

「……なにを」

突然の暴挙に驚いた美紀は、相手を見上げた。

現れた黒い兎耳のその姿は、見覚えがあるものだ。

「アンタ、いつかの兎族じゃないの！」

美紀が目を見開いて叫んだところに、頭からまた水をかけられる。水がちょっと鼻に入ったせいで、ツーンとした痛みを覚える。

「水に濡れれば匂いが薄まるからね」

その様子を見下ろす黒兎が、そんなことを言った。

——匂いが、薄まる？

どういうことかと怪訝《けげん》な顔をする美紀に、黒兎が手をかざした。すると、美紀の意識が急速に遠のいていく。

——なに、これ……

「騒がれるとさすがにマズいんでね」

そんな黒兎の呟《つぶや》きを聞きながら、美紀は助けを呼ぶことすらできず、路地裏に倒れ伏した。

美紀が街から消えた直後。

「ねえ、どうして通りのここだけ濡れているのかしら」

「誰か水でも撒《ま》いたんじゃない？」

行き交う人々が首を傾げた。

美紀が路地に連れ込まれる現場や、彼女が乗せられた馬車を見ている者は、誰一人としていなかった――

＊＊＊

ジョルトの依頼主として現れたのは、豹族の男性だった。

――豹族の学者とは珍しい。

豹族は虎や獅子《しし》と並んで腕っぷしが強いので、肉体を使う仕事に就くことがほとんどだ。だが勉強が好きな豹族だっているだろうし、先入観で偏見を持つのはよくない。

「どうもよろしく」

にこりと笑って差し出された豹族の手を、ジョルトも握る。

「いつもなら俺が学者さんを乗せて走るんだが、どうする?」

まずは移動手段の確認をする。弱小種の学者なら、乗せていくのが安全面でも一番だ。

けれど豹族だと嫌がるだろう。

「荷物もあるし、人の姿で走る方がいい」

ジョルトの質問に、豹族は案の定そう答えた。そうなると、道に慣れない彼を導きながら進むことになるので時間がかかる。それでもミキを連れて走った時よりも格段に速く進むのだが、ジョルトには増えた時間がもどかしい。

——帰りが遅くなるな。

ジョルトは内心でため息を吐いた。

人間であることを隠して生活しているミキを、できるだけ一人にさせたくない。となれば、今後傭兵稼業を続けない方がいいのかもしれない。

この件は帰ってから考えるとして、今は目の前の豹族の案内が優先だ。

「それでは、早速向かおうか」

二人で連れだってガルタの街を出ると、密林の奥地を目指す。

出発して一日目と二日目は何事もなく進んだ。そして虎人の里への道半ばまで来た三日目の、夜明け前。

豹族と夜の警戒を分担していたジョルトは、横になりウトウトとしていた。今は豹族が起きている時間だが、危険な密林で完全に寝入るようなことはしない。

そんな時——

シャッ！

突然、短剣がジョルトに襲い掛かった。反射的に身体が動いて、それを避ける。

「なにをする⁉」

ジョルトはその短剣を投げた相手――豹族を鋭く睨む。視線の先の彼は、すでに真面目な学者の顔ではない。

「不意打ちでも駄目か。さすが白虎」

暗闇の中、豹族の目が獰猛《どうもう》に光る。

――コイツ、学者じゃなかったのか。

寸前まで殺気を全く悟らせない動きは、熟練の戦士のそれだ。

「なにが目的だ？」

ジョルトの問いかけに、豹族が口の端を上げる。

「さぁてね、俺は依頼人の望みを叶えるだけだ」

豹族はそう言って、なにかを投げつけてきた。

――また飛び道具か！

飛んできたものを手で払い落とした途端、ジョルトに液体がかかる。飛んできたのは革袋で、中に液体が入っていたらしい。

豹族がニヤリと笑った瞬間、ジョルトは力が抜けてその場に崩れ落ちてしまう。

「な、んだ……」

地面に這《は》いつくばるジョルトを、豹族が見下ろす。

「効くだろう？　なんせ呪術師に貰った特製のヤツだからな」

「呪術師だと？」

ジョルトが思い出すのは、ミキが話していた黒兎の男性。執拗《しつよう》にミキに種族を尋ねていたという。

——まさか、コイツの狙いは……！

「きさま、ミキに手を出したら殺すぞ！」

「できるもんならやってみな。全く、呪術ってのはすげぇな」

低く唸るように叫ぶジョルトを見て、豹族は楽しげに笑う。

——くそぅ！

動かない身体にジョルトが歯ぎしりをした、その時。

「おぉーーい！」

遠くから声がした。若い女性の声だ。

——この声、もしや……

ジョルトはなんとか頭だけでも動かし、声の方を探る。

「やっほーー！」

遥か遠くから木々をかき分けやってくるのは、大きな黄色い虎だ。おそらく獣体になった虎族だろう。そしてその背に小柄な茶色い兎族の女性が跨《またが》っている。

「やっぱりジョールトぉ、はっけーーん！」

「ハンナ⁉」

それは虎人の里で別れたハンナだった。

「お前、仲間を用意していたのか⁉」

豹族は突然の乱入者に戸惑い、ジョルトに怒鳴る。完全なる偶然だが、ジョルトには有り難い誤算である。

「グォン！」

ハンナを乗せた虎族が、倒れたジョルトのそばに立つ豹族に迫りくる。

虎人の里の連中は種族固有の特徴なのか、普通の虎族よりも一回り身体が大きい。ただでさえ虎族より小柄な豹族が立ち向かうには、少々不利な相手だ。

「ちくしょう！」

一目で敵《かな》わないと悟った豹族は、向かってくる虎から逃げようとした。だが慣れない密林に足を取られ、平地のようには走れない。一方の虎族は、暗闇でもこの密林を走り慣れているのか、豹族にあっさり追い付き体当たりをかける。

モロに受けた豹族が大きく吹き飛び、木に激突して地面に転がった。

「ぐぁっ！」

「グァウー！」

しかもその上に、虎がノシッと着地する。

「ぐえっ……」

「とうちゃーく！」

「グァウ！」

苦しげに呻《うめ》く豹族の上で、ハンナと虎が同時に叫んだ。その呑気《のんき》な声音に、ジョルトは脱力する。

「ハンナ、今までなにしてたんだ？」

ジョルトとしては助かったのは確かだが、ハンナがまだ密林にいるとは思わなかったのだ。

ハンナはニパッと笑う。

「最近ちょっと仕事に根詰めすぎてたかなと思って、のんびりしてたの！　そろそろ帰ろうとしたら、皆が遊びに行くついでに送ってくれるって言ってくれてさぁ」

どうやらハンナは、あの里の虎族と気が合ったらしい。この虎族以外にも、周辺に複数の気配がある。大方ハンナを送るついでに、大勢で酒でも買いに行こうとしていたのだろう。

この会話の間もハンナ達の下の豹族は、顔色を赤くしたり青くしたりと忙しい。虎とハンナの体重がかかって、息苦しいのかもしれない。

「で、どしたのそれ?」

地面に這《は》いつくばったままのジョルトに、ハンナが首を傾げる。

「この豹族に液体をかけられて、何故か動けなくなった」

「ふぅん?」

ハンナが虎の背中からぴょいと飛び降り、ジョルトの身体を確かめる。

「これ、呪いの水だね」

ハンナはそう言うと、近くの水辺から水を汲んできて、ブツブツと小声でなにかを唱えながらジョルトに振りかけた。

「お、動く」

ジョルトは水が振りかかった途端に、身体の自由を取り戻す。

「で、なんでアンタは呪いの水なんか持っていたの? 呪術師でも滅多に作らないし、ましてや一般人が持ってるはずなんかないのに。誰から手に入れたの？」

ハンナが足先で豹族をツンツンと突《つつ》きながら尋ねる。

その問いかけに、豹族はムスッとした顔をした。

「……知らねぇ」

この反抗的な態度にハンナが耳をピーンと立てると、豹族の上の虎が身体を大きく揺する。その巨体の振動で、豹族が再び「ぐえっ」と呻《うめ》いた。

「本当に知らねぇって！　俺は依頼人と直に会っていない。使いだっていう奴に渡されただけだ！」

慌てて弁明する豹族の言葉は、恐らく真実なのだろう。

「ハンナ、俺に心当たりがある」

ジョルトは、ミキと結婚して一緒に暮らし始めたこと、そして最近彼女の周りに怪しい黒兎の男性がいることを説明した。それを聞きながらニヤニヤと笑うハンナの目が、『面白いことを見つけた！』と如実に語っている。

「へ～ぇ、ミキを気に入っちゃったんだぁ、そんな短時間で、ふぅ～ん？」

「……色々あったんだよ、こっちも」

ジョルトは渋い顔で、ハンナの耳の毛を毟《むし》りたくなる衝動をぐっとこらえる。経験からしてこういう時、大抵面倒なことになるのだ。そんなジョルトを見て、ハンナは「フフ」と笑う。

「そこは後でじっくり語ってもらうとしてぇ」

そこで言葉を区切ったハンナが、珍しく難しい顔をしてジョルトを見る。

「黒兎って、妙にヘラヘラした男？」

「いや、俺は本人を見ていない。ハンナ、そいつを知っているのか？」

ジョルトに尋ねられ、ハンナの耳がピーンと立つ。

「うん。兎族で探している、すっごいヤバい呪術師なんだけど」

力のあるハンナの口からヤバいという言葉が出たとなると、よほどなのだろう。

「ヤバいの具体的な内容は？」

ジョルトが眉を寄せて聞くと、ハンナが唸る。

「希少種コレクターで、呪術で生き人形にして愛《め》でるのが趣味の変態。捕まえても逃げるのが上手くて、何度も逃げられているの。やっと見つけたよぉ」

ハンナの目がギラリと光る。そんな相手にミキが狙われていたとは。

――このことを知っていれば、仕事なんて受けなかったのに。

顔色を悪くするジョルトを見て気分がよいのか、豹族が小さく笑う。

「へへっ、お前の女はもうとっくに人形になっていることだろうさ」

「きさま……！」

ジョルトは頭に血が上り、拳を振り上げようとした。

「ガウ！」

だがジョルトが手を出す前に、豹族の上に乗る虎族が小刻みに跳ねた。着地のたびに、豹族が地面にめり込む。

「や、やめろ……」

「自業自得って言葉、知らないのぉ？」

苦しむ豹族に、ハンナが冷たい視線を向ける。

虎族とハンナの行動に、ジョルトは震える拳を解いて大きく息を吐く。この豹族を殴る暇があるならば、ミキを助けに行くべきだ。

怒りをおさめたジョルトを見て、ハンナはニコリと笑った。

「大丈夫、ミキはきっと無事だって！　私の呪術師の勘を信じなさい！」

「……そうだな、無事なうちに絶対に助ける」

力強く頷いて立ち上がるジョルトの横で、虎族が豹族の襟首を咥《くわ》える。

「ガウゥ！」

一吠《ほ》えして、虎人の里の方へ顔を向ける。どうやら豹族を一旦虎人の里へ連れていくらしい。あそこなら、地理に明るくない豹族は逃げようがない。

連行される豹族を見送ってから、ハンナが大きく手を振り上げて叫んだ。

「皆、予定変更ぅ！　ジョルトのお嫁さん救出大作戦を決行するよぉ！」

「「「グォーン！」」」

ハンナの号令に、いつの間にか集合していた虎達が一斉に吠《ほ》えた。

＊＊＊

ゴトゴトゴト……

そんな音と揺れが、美紀の意識を覚醒させた。薄《うっす》らと開けた目に見えたのは、三畳ほどの板張りの床と布が垂れ下がる天井。どうやら自分はそこに寝かせられているらしい。

――……どこ？

美紀は自分の今の状況が分からないが、少なくとも家のベッドではないことは分かった。耳を澄ませば、下からゴトゴトという音がして揺れが響いている。

――これって、もしかして馬車の中？

美紀は馬車に乗ったことはないが、この世界に存在しているのは知っている。どうやらその荷台に乗せられて、移動しているらしい。ここには多少の荷物があるだけで、美紀以外に人はいなかった。

「っていうか、なんか臭いんだけど……」

自分から肥料のような、肥溜《こえだ》めのような臭いがする。何故こんな匂いをさせているのか。それに、どうして馬車なんかに乗っているのか。起き上がろうとしても、身体が思うように動かずに転がるばかり。よくよく自分の身体を見れば、上半身に縄を巻かれて拘束されていた。

――なんで、どうして？

美紀はパニックになるが、もがいてもゴロゴロと転がるだけだった。次第に気持ちが落ち着いてきたので、順番に記憶を探る。

ジョルトが案内の仕事に出かけて、一人で留守番していて、買い物に行って……

――そうだ、黒兎だ！

細い路地から水をかけられたと思ったら、あの黒兎が現れたのだ。いつかの、美紀に執拗《しつよう》に何族かを聞いてきた黒兎の男性。彼になにかをされて意識を失ってしまったに違いない。

それで、いつの間にか馬車の中にいたということは――

――もしかして私、誘拐された？

この結論にたどり着いた美紀の顔から血の気が引いた。無意識に縋《すが》るものを探して腕に手をやると、違和感がある。

「あれ、なんでブレスレットがないの？」

ずっとつけっぱなしにしていたブレスレットが腕にない。あれはジョルトの気配を纏《まと》わせるので、美紀が安全に過ごすために必要なものだ。

もしかして、ジョルトが追ってこられないようにと外されたのだろうか？　臭い匂いがするのもジョルトの匂いを消すためだとすると、これは計画的な犯行だということになる。

犯人はあの黒兎だろうが、目的はなんだろう。瞬時に『人身売買』という単語が脳裏をよぎった美紀は、そこでやっと自分がベールを被っていないことに気付く。

――獣耳がないことを知られた⁉

この分だと、尾がないこともバレている可能性がある。万が一、黒兎が人間の姿を知らないとしても、珍しい種族だと思われただろう。希少種は結婚相手として人気があると聞いているし、ジョルトからもよくよく気を付けるように言われていた。

——どうしよう……

美紀が不安に唇を噛み締めた時、声が聞こえた。

「もう気が付いたのか、ずいぶん早いな」

荷台の物音に気付いたのか、御者席《ぎょしゃせき》から顔を覗かせたのは、やはりあの黒兎の男性だった。

「呪術の効きが悪いな。獣人相手のようにはいかないのか」

黒兎が顔をしかめて呟《つぶや》いた言葉に、美紀はいつかの熊族のおじさんの言葉を思い出す。

『兎族は呪術師が多い』

呪術師というとハンナの陽気な顔が思い浮かぶが、皆があのような善良な人物とは限らない。恐らく、美紀は質《たち》の悪い相手に目をつけられたのだ。

——あの時私が意識を失ったのは、呪術のせい？

状況を見定めようとする美紀を、黒兎が見下ろす。

「まあいい。時間はこれからたっぷりあるんだ。人間相手の呪術を研究して、立派な生き人形にしてやろう」

やはり人間だと気付かれていた。

捕まって、ベールを取られた時にバレたのかもしれない。いや、用意周到に準備をして美紀を誘拐した黒兎のことだ、前から人間だと知っていた可能性も高い。だとしたら、いつ美紀に獣の耳と尾がないことを知ったのか。美紀が服を脱いで全身を晒《さら》すのは浴室しかない。

――もしかして、お風呂を覗かれた？

風呂に入る夜の時間、家の敷地に侵入したとしか思えない。

それと、黒兎の言葉にもう一つ気になることがあった。

……生き人形ってなによ？

意味を考えるとゾッとする言葉だ。美紀の怯《おび》えを感じ取ったのか、黒兎がニタリと笑う。

「僕は希少種が好きでね、彼らの美しさを解き放つために、屋敷に飾っているんだよ」

美紀は全身に鳥肌が立った。

――剥製《はくせい》よろしく、生きた人を飾るってこと!?

意識を失わせたように、人を動けない人形にする呪術があるのかもしれない。想像して血の凍るような恐怖を抱くと同時に、腹の底から沸々《ふつふつ》と怒りが湧いてきた。

「……冗談じゃない」

ここでも自分は、上《うわ》っ面《つら》しか求められないのか。

日本で本当の自分を理解されない苦しみを抱えながら、それでも諦め悪く生きてきた。

次こそは幸せを掴めるかもしれないと、希望を捨てずに。

そして、ようやく安息をくれる人——ジョルトと出会った。

なのに、異世界に来てまでその穏やかな日常が奪われるというのか。人形となり、希少種であるということだけを望まれる状況を受け入れろと。

そんなことができるなら、とうの昔に幸せを諦めている。

——お人形ごっこなんて、絶対に嫌よ！

この黒兎から一刻も早く逃げなければ。

黒兎は手綱《たづな》を持っていてすぐには動けない。そして彼のいる位置から反対側にある出口は、布が垂れ下がっているだけ。外に出ようと思えば出られる。

幸いなことに、美紀は上半身に縄が巻かれているものの、足は自由だ。呪術に自信があったのか、間抜けなのか。どちらにしてもこれはチャンスだろう。外がどんな状況か分からないが、様子見なんて悠長な真似をしている暇はない。

——早くしないと、また意識を失わされる！

美紀は思うように動かない身体を転がして、出口へ向かう。

「あ、こら待て……！」

当然黒兎の制止など聞かず、美紀は足で床を蹴って馬車から飛び降りる。

「……って嘘!?」

馬車が進んでいたのは、谷沿いの細い道だった。荷台から飛び出た美紀は、勢い余って谷の方へ転がってしまう。小石交じりの斜面を下れば、その先にあるのは谷間に流れる川だ。

遠い空に太陽が昇り始めており、周囲の景色が薄《うっす》ら見える程度の明るさだが、その川の流れが速いのは分かる。

「きゃ……!」

縄で身動きがとれない美紀は、自力で止まれない。

ドボン!

そのまま川に落ち、流されながら水底に沈んでいく。その瞬間、キャンプで鉄砲水《てっぽうみず》に流された、あの時のことを思い出す。

この世界にやってきたきっかけも川で、今危機に直面している場所も川。不思議な縁がある場所だと、こんな状況にもかかわらず考えてしまう。もしかして、これが走馬灯というものだろうか。

――まるで、あの時に還《かえ》ったみたい。

冷たくて苦しくて、水の中でもう駄目だと絶望したのを思い出した。もしかすると今までのことは全て夢で、本当は鉄砲水《てっぽうみず》にあった時のままなのかもしれない。水の冷たさと息苦しさが、美紀にそう錯覚させた。

もしこの川が日本のあの川だったら、すぐに救助されるのだろうか。だとしたら救助された後の美紀は、日本で平和で安全な、しかし苦しい生活に戻る。本当の望みを呑み込んで、表面だけを取り繕《つくろ》い微笑むのを繰り返す日々に。

美しく白い虎のことなんて、忘れて。

——そんなの、嫌だ……！

美紀が川に流されながら涙を零《こぼ》した、その時。

グンッ！

襟首をなにかに持ち上げられ、身体が川の流れに逆らうように移動する。

やがて顔が水面に出ると、美紀は急に入ってきた空気に咳込んだ。

「ゲホッ！」

「グォン！」

そんな美紀に一吠《ほ》えして、ペロリと頬を舐めるザラリとした感触がある。振り向けば、そこには全身びしょ濡れの白い虎がいた。

「……ジョルト」

その濡れた毛皮に身を寄せれば、美紀の冷えた身体に白い虎の体温が伝わった。その温もりが心にまで染みてきて、美紀は自然と涙が溢れる。

「怖かった……」

生き人形にすると言われたことも、ジョルトと過ごした時間が夢だったのかと考えてしまったことも。

美紀に与えられた大切な温もりを失うかもしれなかったことも――

「すごく、すごく怖かった……！」

わんわんと大声で泣き出した美紀に、白虎は静かに寄り添った。

その後、落ち着いた美紀が川から上がって目にしたのは、虎の大群だった。

――なに!?

ビクッと後ずさる美紀の肩を、人の姿になったジョルトが優しく撫でる。

「虎人の里の連中だよ」

そう説明されても、安心よりも疑問が先立つ。

「……なんでいるの？」

「街に酒を買いに行く連中と、ばったり行き合ってな」

美紀の疑問に、ジョルトが答えた。そして、豹族にはめられそうになったこと、ハンナと虎族にたまたま出会ったことなど簡単な経緯を聞く。

「見つけたわよぉ、このお騒がせ兎！」

離れた場所では、ハンナが逃げようとした黒兎を馬車から引きずり出していた。

「呪術で逃げようったって無駄だからねぇ。なんたって私はアンタの姉弟子だから、呪術の腕は私の方が上だし！」

表情はニコニコしているが、黒兎の耳をぎゅっと握って引っ張っている。その態度がハンナの怒りを如実に表していた。

「痛い痛い、僕は獲物じゃないぞ！」

「アンタの扱いはこれで十分よ！　アンタのせいで黒毛の兎族がどんなに迷惑したか！」

耳を引っ張ったまま、ハンナが黒兎を美紀のもとへ引きずってくる。

「同族が迷惑をかけて、ホントにゴメンねぇ」

ハンナはしょんぼりと耳を垂らして美紀に頭を下げた。

「コイツは札付《ふだつ》きのワルで、兎族全体で探していた犯罪者なの。どこかで捕まってもすぐに呪術で逃げちゃって、どんだけ苦労させられたか！」

怒りがぶり返したハンナが、またグイッと黒兎の耳を引っ張った。

ハンナの言葉に、ジョルトが考え込みながら口を開く。

「お前があちこちをウロウロしていたのは、ひょっとしてソイツを探していたのか？」

「そーう！　ずっと探しているのに見つからないから、ちょっと休もうかと思って遊んでた！」

ジョルトの推測に、ハンナが胸を張って頷く。探すのをやめた途端に探し物が見つかるというのは、ありがちな話である。

「呪術封じをしてあるから、もうミキに悪さはできないよ！」

黒兎はこれからハンナによって兎族の里まで連行されるという。だがその前に、一つだけ聞いておきたいことがある。

美紀はジョルトの背中越しに、拘束された黒兎へ尋ねた。

「どこで私のことを知ったの？」

最初はだんまりを決め込んでいた黒兎だが、ハンナにどつかれて渋々口を割る。

「キミらの家の近くにいた、銀の猫族から聞いた。彼女、錯乱していたみたいで色々なことをベラベラ喋《しゃべ》ってくれてさぁ」

それでお互いに共通の利益があると踏んだ黒兎は、その銀の猫族に取引を持ち掛けたという。

「白虎をくれるなら、キミを譲ってあげるってさ。全く、僕と気が合うお嬢さんだよ」

ケラケラと笑う黒兎を、ハンナが再びどつく。

「あの女……！」

黒兎の告白に、ジョルトがギリッと奥歯を噛み締める。このあたりで銀の猫族といえば、モネットしかいない。

「情けをかけて放っておいてやったのに、身のほど知らずの猫族が！」

怒りでジョルトの毛並みが逆立つ。

ハンナは逆に呆れ顔だ。

「猫族が白虎に喧嘩を売るとか、負ける未来しかないのに馬鹿だねー」

どれほど毛並みが美しかろうと、白虎族の前ではその力は赤ん坊に等しい。弱小種であるモネットが強く出られるのは、それだけ自分に自信を持っているからだろうが。

――獣の本能みたいなものは、働かないのかしらね。

鼠族のメルは、ジョルトが襲わないと分かっていても、あれだけ怖がるのに。それともこれが、『恋は盲目』ということなのだろうか。

しかしモネットはどうして美紀に尻尾と獣耳がないとわかったのだろう。彼女の前ではきちんと隠していたはずなのに。やはりお風呂の時に覗かれたのだろうか。

「あんなお馬鹿な猫族は後にしてさぁ、ミキ大丈夫ー？」

ハンナが心配そうに首を傾げた。

美紀は馬車から飛び降りて斜面を転がり、果ては川に落ちてと全身ボロボロだった。助かったと安堵した途端に、身体のあちらこちらが痛む。

「一度医者に診《み》てもらうか？」

ジョルトが心配そうに言うが、ガルタの街の医者にかかり、人間だとバレることが怖い。

「おい、お二人さんよ」

迷う二人に声をかけたのは、人の姿をした虎族の一人だった。

「医者なら、俺らの里で診《み》てもらえばいいじゃないか」

「そうそう、よそ者なんかいないから安心だぞ」

虎族達に口々に勧められる。

――あそこって、医者がいるの？

あんな原始的な生活をしていることから、美紀の中では祈祷《きとう》や呪いで凌《しの》いでいそうなイメージだったのだが、医者はちゃんといるらしい。

「確かに、あそこの婆《ばあ》さんなら腕もいいし、安全か」

虎族達の提案に、ジョルトも頷く。

というわけで、美紀はすぐに虎人の里へと向かうことになった。

ここでお別れのハンナに、美紀はぎゅっと抱きしめられる。

「コイツを里に放り込んだら、また遊びに来るからね！」

「うん。その時は、手料理をご馳走するね」

美紀は頬に触れるフワフワの兎耳を堪能しながら、そう言って抱きしめ返した。

「まったねー！」

手を振りつつも黒兎を引きずっていくハンナと別れ、美紀はジョルトに乗って虎人の里へ向かう。

「ミキの身体が心配だから、できれば急ぎたいのだが」

心配するジョルトに、虎族の一人がニコリと笑う。

「安心しろ、近道がある」

この時、美紀は獣人の近道を甘く見ていた。

「無理無理無理無理ー！」

密林の空に、美紀の絶叫が響く。

密林の丈夫な大木を足掛かりにして、木々の上を跳んでいくのだ。あの巨体の虎達が。

よく見ると大木の上の方に、小さな舞台のようなものが組んであり、それを足場にしているようだ。あれはこの用途のために、わざわざ作ったのか。

落ちないようにとジョルトの背中に紐で括《くく》られていた美紀は、いっそ気絶したかったが、こういう時に限って意識がしっかりしていたりする。

——断固として、普通の道を選択するべきだった！

結果、美紀が一緒で一週間、ハンナで三日ほどの道のりを、なんとその日のうちに走破してしまった。

「どうだ、早かっただろう！」

得意気な顔の虎族達の、その無邪気さが怖い。美紀の寿命は確実に縮んだ。

そしてアルザ達との再会を懐かしむ間もなく、すぐに里の医者である老婆の診察を受ける。美紀は軽い打ち身と捻挫《ねんざ》、そして川の水で冷えたことによる風邪だと言われた。

さらに、驚くべきことを告げられる。

「……にん、しん？」

「そうだ、オメデタだよ。よかったね」

笑顔の宣告に、美紀は目を丸くしたまま固まった。生理が来ないと思っていたら、なんと妊娠していたらしい。

——私、赤ちゃんがいる身体で斜面を転がって、川に落ちて空を跳んだの？

この事実に思い至り、美紀は顔色が悪くなる。

すると美紀がなにを考えたのか察したらしい老婆が、カカッと笑う。

「大丈夫だよ、虎族ってのは頑丈なんだ。ちょっとやんちゃしたくらいじゃ腹の赤ん坊はビクともしないよ」

虎族は赤ん坊まで強いらしい。だが、美紀は普通の弱い人間なので、無茶はよくないに決まっている。

「私、これから安静にしていないと駄目？」

美紀が今後の行動について尋ねると、老婆は首を横に振った。

「いや、運動はちゃんとしないとお産が辛くなる。この里ではお産前の女でも、普通に狩りをするよ」

美紀を頑丈な虎族の女性と同列にはできないが、体力を落とさないためにも運動は必要とのこと。食事も、食べられるなら普通に食べ、無理そうな食材は食べなくてもいいと言われた。

——日本で子供を産んだ知り合いって、いなかったからなぁ。

人間の出産事情を知らないことが残念だが、獣人とたいして違わないと思いたい。

一方、美紀の診察にはジョルトも立ち会っていた。

そのジョルトが老婆の家から無言で出たかと思ったら、大声で叫び出す。

「子供、俺の子供ができた‼」

ジョルトの絶叫に、周囲から虎族がわらわらと集まる。

「本当か⁉」

「それはめでたい！」

「今夜は宴《うたげ》だな！」

こうして話は広まり、美紀が診察を終える頃には宴会の準備に入っていた。

「白虎の子だ！」

「人間の子供ってどんなだ？」

「飲むぞ！」

皆、美紀とジョルトに子供ができた祝いだと大いに盛り上がり、虎人の里ではしばらく宴会が続くことになる。

こうして賑やかな一方、ジョルトの連れ去りに失敗した豹族が、虎の背中に括《くく》られてガルタの街まで連れていかれた。

虎人の里で一旦軟禁されていたが、ジョルトが粗方《あらかた》の話を聞き取った時点でもう用無しになり、街の警備隊に引き渡されることとなったのだ。

「畜生、こんなはずじゃなかったのに。楽な仕事で大金を貰って、遊んで暮らす計画が……」

「うるせぇ、さっさと行くぞ」

ブチブチと文句を言う豹族を引っ叩《ぱた》いて、虎族が駆けていく。彼には、ジョルトが今回の事件のあらましを書いた手紙を持たせており、それを警備隊に届けてもらった。

虎族の背中に括《くく》られて連れてこられた豹族を見て、警備隊の面々は大層驚いたという。

診察が終わって少しの休養をとった後、美紀はジョルトと一緒にガルタの街へ戻ることになった。

その際、何故か大勢の虎族が見送りについてくることになった。

「だって、結局酒を買いに行けなかったからよ！」

前回事件に遭遇したせいで買い出しに行き損ねた面々が、再度挑戦するつもりのようだ。

「……いいけど、もう絶対近道は通らないからね！」

ついてくる虎族に、美紀はこれだけはハッキリ言っておく。あんな恐怖体験は二度と御免だ。

こうして大勢で賑やかに移動しながら、やがてガルタの街へたどり着く。

「……あれ？」

何故か門のあたりが騒がしい。美紀が目を凝《こ》らして様子を窺《うかが》うと、大勢の人々が集まっているのが見える。

「一体何事？」

「さあな」

ジョルトを見上げてみるも、こちらも首を傾げる。

遠目に眺めていても仕方がないので、門の近くまで行ってみた。人々は皆大通りに注目していて、色鮮やかな布を纏《まと》った虎人の里の者達にも気付かない。

——なにか催《もよお》し物でもあるの？

背伸びをして前を見ようとする美紀の横で、人々を誘導する警備隊の姿を見たジョルトが眉をひそめる。

「警備隊が、この街の連中じゃないな」

ジョルトがそう呟《つぶや》いた時、街の方から馬車が出てきた。

「……あの馬車、えらくゴツくない？」

警備隊にあけられた道をゆっくり通ってくるそれは武骨な造りで、明かり取りの窓には鉄格子が嵌《はめ》られている。

「護送馬車だ。珍しいな」

ジョルトが美紀に囁《ささや》く。護送ということは、犯罪者があれに乗っているのか。どうやらそのせいで野次馬が集まっているようだ。

この人込みではどうせ中に入れないからと、馬車が通り過ぎるのを待っていると——

「白虎様、白虎様ぁ！」

馬車の中から甲高い女性の声がする。

「私を助けて、白虎様！」

鉄格子の隙間から、銀色の髪を振り乱してモネットが叫んでいた。

ジョルトにずっと執着していた、今回の誘拐事件の主謀者。その彼女が護送されているということは、やはり罪に問われたのか。

「騒ぐな、黙れ」

馬車に並走する警備隊が注意をするが、モネットは従わない。

「警備隊なら、あの悪魔を白虎様のそばから追い払いなさいよ！」

モネットがさらに叫ぶ。

「私は尾も耳もない気味の悪い悪魔を、白虎様から遠ざけようとしただけじゃない！　褒められるならともかく、どうして責められるの!?」

「……モネット、てめぇ」

ジョルトが怒りの唸りを上げ、美紀はビクッと身体を震わせる。

――やっぱり、覗き見したのはこの人？

モネットの発言内容に、野次馬達がざわつく。

「悪魔だと？」

「あれって、例の『奇跡の女』じゃないか？」

「耳と尾がない？」

「どういうことだ？」

野次馬達の視線が、自然とジョルトとその腕に庇《かば》われている美紀に向く。馬車は早く通り過ぎたいようだが、野次馬達が邪魔になって止まってしまった。

「……まずいな」

「強引に突破するか？」

美紀を抱きしめるジョルトに、虎族がそう囁《ささや》きかけた時。

「他種族差別思想、これも重罪だな」

静かな声が割り入った。

「耳や尾が小さくて一見なにもないように見える種族は、少なからずいる。それを悪し様《ざま》に言うのは差別を扇動しているのも同然だ」

そう言って野次馬達の中から出てきたのは、整った容姿の青年だった。種族の特徴である三角の耳とボリュームのある尻尾は、狼族のものだろうか。しかも美しい銀色の毛並みである。

彼は、鉄格子越しにモネットをきつく睨んだ。

「無知故《ゆえ》の妄想を真実であるかのように語り、大声で喚《わめ》き立てるきさまこそ、悪魔そのものだな」

「なんですって⁉」

銀の狼族の青年に、モネットは毛を逆立てる。

「私にそんな口をきくなんて、同じ銀の毛並みでも許さないわ！」

「まだそれを言うか。愚かな娘だ」

青年が呆れたようにため息を吐く。

「毛並みの美しさは、罪を贖《あがな》わない理由にならない。今のお前はただの罪人だ」

彼の告げた言葉に、モネットは逆上した。

「私は特別な猫族で、皆私を褒め称えるわ！　私は誰よりも輝くべきなの！　白虎様だって美しい私を愛しているはずなの！」

――毛並みの美しさだけが、彼女の全てなのかな。

ただ黙ってやり取りを見ていた美紀は、モネットがその一点に縋《すが》り付いているように感じた。

モネットの絶叫に、青年は冷めた目を向ける。

「特別……それはジョルト殿が最も嫌う言葉だな。早く連れていけ」

彼の迫力に気圧《けお》された野次馬達が、馬車の道をあける。

「嫌よ、なんで私がこんな目にあうの⁉　白虎様、どうか私を……！」

モネットの声は、馬車と共に街の外へ消えていった。

結局ジョルトは、モネットと一言も言葉を交わさなかった。今後顔を見ることすらないだろう。それが彼女にとっては最も重い罰なのかもしれない。

護送馬車が行ってしまうと、あっという間に野次馬達もいなくなった。すると美紀達の前に、銀の狼族の青年がやってくる。

「やあ、ジョルト殿。悪いところに居合わせたものだ」

親しげに話しかけてきた彼を、ジョルトが紹介してくれた。

「こちらのディアス殿は、各地の警備隊を取りまとめる責任者だ」

日本で言うところの、警察のお偉いさんだろうか。傭兵の仕事で警備隊と一緒になることがたまにあり、会ったことがあるのだそうだ。

「そちらが噂の奥方かな？」

「美紀です。さっきは助かりました」

ディアスがいなかったら、野次馬の関心が美紀に向いていたかもしれない。ただでさえ『奇跡の女』とか言われて追いかけられているのに、ゴシップめいた噂も加わると変なことになりそうだ。

――野次馬って、有名人を堕とす噂が好きだからね。

それは日本でも異世界でも、変わりない真実だった。

三人で立ち話をしていると、警備隊の一人がこちらを窺《うかが》ってくる。それに気付いたディアスが、ニコリと笑った。

「今日のところは失礼するが、明日にでもぜひお宅を伺わせてもらおう」

そう言って、ディアスは立ち去っていった。

――え、ウチに来るの？　なんで？

疑問顔の美紀が隣を見ると、ジョルトも首を傾げていた。

その後、酒を買いに行くという虎族達とも別れて美紀達が家に帰ると、周囲に大勢の人だかりができていた。

「あ、ミキ先生だ！」

「本当に無事だったたんだ！」

彼らは美紀がいない間に来た患者達らしく、「よかった」と言い合っている。

「ミキ、ジョルト！」

その中から駆け寄ってきたのは、アニエスだった。

「心配したよ！　家に誰もいないし、洗濯物は干しっぱなしなんだから！」

アニエスがそう言って美紀をぎゅっと抱きしめる。力が強いアニエスの抱擁は、結構痛い。ちなみに放置されていた洗濯物は、取り込んで軒下《のきした》に避難させてあるという。

「心配させてゴメンね」

美紀が謝罪すると、アニエスが身体を離した。

「例のお嬢さんが警備隊に捕まったって聞いたから、どうせその関係だろうって思っていたけどさ。街の連中だって、きっとアンタら絡みのことだろうって噂しているよ」

「あー、まーねー……」

美紀はズバリ核心を突く噂に苦笑する。

「でも、こうして無事を確認できて安心したよ。ウチの旦那も心配して、仕事に手がつかなかったんだから」

「そっかぁ、ありがとうアニエス！　メルにもよろしく伝えてね」

心配してくれる人がいるのは、とても幸せなことだ。

こうして美紀の無事を確認した集団は、しばらく店を休む旨を聞いた後解散した。


その翌日、朝からディアスが家にやってきた。

──本当に来たよ。

「えーと、どういったご用件で？」

リビングに通した後、美紀が尋ねると、ディアスは思いもよらぬことを言い出した。

「ミキ殿、あなたにぜひ一言礼をと思ってな」

──初対面の人にお礼を言われるようなこと、した記憶がないんだけど。

首を傾げる美紀に、ディアスが告げた。

「いつだったか、白い狼族を診《み》ただろう？」

白い狼族という言葉で、思い出すのは一人だけ。

「ああ、ライアスさん！」

そう声を上げた美紀に、ディアスが微笑んだ。

「あれは私の弟だ。会った当初にずいぶんと失礼を働いたと零《こぼ》していてな。怪我で走れなくなって以来、ずっと腐っていた弟の足を元に戻してくれて、本当に感謝する」

「なるほど、弟さんですか」

そう言われれば目鼻立ちが似ているかもしれない。

――やっぱりライアスはいいとこの坊ちゃんだったのか。

「ジョルト、知ってた？」

「いや、全く」

ジョルトに聞けば、あちらも首を横に振る。

「もしかしてその礼のために、わざわざ我が家へ？」

ジョルトが来訪の目的を尋ねると、ディアスは肩を竦《すく》めた。

「いや、事件の被害者であるあなた方に、取り調べの結果を伝える仕事をついでに受けてな」

そう告げたディアスの説明をまとめるとこうだ。

ジョルトに執着するモネットだったが、父親が諦めさせようとセッティングしたお見合いで全敗した挙句、嫌味を言われた。逆ギレしたモネットは『やっぱり自分に相応《ふさわ》しいのは白虎様だけだ』と考え美紀達の家に突撃し、不法侵入を果たしたという。

──やっぱり、お風呂で裸を見られていたのね。

モネットは美紀達の家のそばで偶然会った件《くだん》の黒兎と協力することになり、ジョルトを自分のもとへ連れてこさせるために豹族を雇った。

それら全てが失敗に終わり、今に至る。

本来ならばディアスほどの人物が出てくる事件ではないが、現地の警備隊ではモネットが金にものを言わせてごねる恐れがあったそうだ。

「面倒を起こされないために、私が立ち会ったというわけだ。モネットが住んでいた屋敷も父君が早急に売り払ったので、使用人なども残っていない」

結末まで語ったディアスは、モネットの身の上についても話してくれた。

「モネットの父君は気のいい御仁だが、仕事に忙しくて娘を構ってやれず、世話はほぼ使用人任せだったそうだ。だがその使用人らが、毛並みを褒めれば楽だからとロクな扱いをしなかったせいで、娘の性格が歪んだらしい」

仕事に忙しい親というのは珍しくないが、雇った使用人の質が悪かったのがいけなかった。この点は、父親も後悔しているという。

「育ちに関しては不幸なことだと私も思う。けれど、だからといって犯罪を犯していいということにはならない。我《わ》が儘《まま》で許される一線を、モネットは越えてしまったのだ」

ディアスの言葉を聞いて、美紀はふと思った。

人は甘えることを許されると、どこまでも堕ちていってしまうことがある。それだけ人の心は弱く、怠惰《たいだ》にできているということだ。

モネットは己《おのれ》の価値を毛並みにしか見出せなかった。他の価値観を与えられなかったことは、父親や周囲の責任でもある。けれどモネット自身も、成長するにつれて色々な物事を知るようになっても、新しい価値観を求めなかった。

そんなモネットは美紀と真逆なようで、少し似ている。

安穏とした暮らしを捨てることができず、美紀は理解者を求めて飛び出すことも、マッサージ師という夢を目指して多忙な日々にチャレンジすることもしなかった。それは『銀の猫族』というブランド以外のことに目を向けることを恐れ、与えられた環境に依存したモネットも同じこと。

美紀とモネットは、よくも悪くも見た目に囚われ過ぎた。そして美紀はたまたまそこから抜け出せたが、モネットには希少種という価値観から抜け出すきっかけがなかった。

——そう考えると、ちょっと可哀想な人かもね。

それでも、自分の望みを叶えるために人に危害を加えていいわけがないが。同情はするものの、黒兎に攫《さら》われかけたことへの怒りは消えない。

ディアスは、その黒兎についても教えてくれた。

「呪術師の黒兎については、兎族から連絡があった。奴は過去に捕まっても何度も逃げている。そのため兎族の呪術封じの檻《おり》に入れて、改めて警備隊での取り調べに応じさせると伝えられた」

「……そうですか」

あの黒兎は、ハンナが直接兎族の里へ連れていった。そしてモネットがもう戻ってこないなら、ガルタの街の住人に美紀が人間だと知られることはない。

――引っ越しせずに済みそうね。

心配事がなくなったと知り、美紀はホッと胸を撫で下ろした。

それでも今後、美紀が人間だとバレるリスクは当然ある。そのためには、信用できる人には種族を教えておく必要があるのかもしれない。そうすれば、いざという時に助けを求めやすくなる。

それに、信用できる人を増やすのも大事だ。

市場で熊族のおじさんが助けてくれたように、普段から仲良くしていれば、怪しい人物がいる時は知らせてくれるだろう。

美紀は外見のコンプレックスのせいで、日本では上手く人付き合いができなかった。だがこの世界でならやり直せる気がする。

——よし、頑張ろう！

美紀が一人握り拳を固めている隣で、ジョルトとディアスが話し込んでいた。今回の件で、モネットに金を掴まされて、これまで色々と悪事を見逃していた警備隊員がいることが明らかになったらしい。

「あの娘は父君が知らないところで、自分の我儘《わがまま》を通すためになんでもやっていたようだな。父君が寄越した使用人頭もその事実を知り、モネットを更生させようとしたらしいが無理だったみたいだ」

そのため、せめて犯罪を起こさせないよう努力をしていたそうだ。その一環として、モネットをコントロールできる夫を見つけようと、お見合い話を持ち出したのだという。

他力本願な気もするが、親の手には負えない娘をなんとかしたかったのは理解できる。

「なんにせよ、警備隊が金で買収されるとは問題だ。隊内の引き締めを行う必要がある」

ディアスはこの問題を深刻に捉《とら》えているらしく、これから各地を視察するのだそうだ。

偉い地位にいるなりの苦労があるのだと知った美紀だった。

「ジョルト殿も、今度仕事で一緒になった際にはよろしく頼むよ」

ディアスの言葉に、ジョルトは首を横に振った。

「それだけどな、俺は傭兵を辞める」

「えっ⁉」

これに美紀は驚くが、ディアスは反対に『やはりそうか』という顔をしていた。

「いざっていう時にミキを助けられないなんて、金輪際ごめんだからな」

ジョルトがきっぱりとした表情で言った。彼はどうやら、豹族に仕事のフリをしておびき出されたことがショックだったようだ。傭兵を続ける以上、同じことが起きる可能性がある。

「仕事は他にもあるが、ミキは一人しかいないからな」

「ジョルト……」

傭兵への未練を感じさせない笑顔のジョルトに、美紀は言葉を詰まらせる。

自分のために仕事を辞めさせる申し訳なさと、一人で待つ不安がなくなるうれしさが心の中でせめぎ合う。どんな表情でいればいいのか迷う美紀を、ジョルトが抱きしめた。

「そんな顔をするな。俺向きの力仕事はいくらでもある。職探しの間は美紀に養ってもらうとするさ」

ジョルトは、美紀が感じている責任を軽くしようとしてそんなことを言ってくれている。

ジョルトが傭兵として有名なのは、きっと白虎族というだけでなく、信用できる人柄だからだ。きっとすぐに、どこからか声がかかるのだろう。

――しょんぼりしていないで、応援しなきゃね！

「私、一緒に頑張るから！」

美紀は顔を上げて宣言する。

二人の盛り上がる様子を見ていたディアスが、唐突にジョルトに申し出た。

「だったらジョルト殿、警備隊に入らないか？」

この提案に目を見張る美紀とジョルトに、ディアスはここぞとばかりに売り込む。

「このガルタの街は田舎ながらも要所で、警備隊もかなりの人員を割《さ》いている」

「それは知っているが……」

戸惑うジョルトに、ディアスはさらに続ける。

「だが、金で買収されたことで警備隊員の異動や解雇者が出て、現在かなりの欠員があるのだ」

これも話の流れから納得できる。つまりは人員不足の今、ディアスは即戦力のジョルトが喉から手が出るくらいに欲しいのだろう。

「例の密林の虎人族との交流も警備隊の仕事の一環で行えば、ジョルト殿一人が奔走《ほんそう》することもなくなる。そうすれば評判になったミキ殿のことも守ってやれるだろう。どうだ、いい条件だと思うのだが」

期待でディアスの銀の尻尾がフッサフッサと揺れている。

――いい話なんじゃないの？

昨日も虎族が大勢で酒を買いに来たので、その際店まで案内した警備隊員と交流があったそうだ。ジョルトを通して交流を深めれば、虎族の皆も警備隊員を徐々に受け入れるだろう。

美紀が顔を覗き見ると、ジョルトが小さく微笑んだ。

「それは、こちらとしても願ってもない話だ」

「そうか！」

ジョルトの了承の返事に、ディアスがうれしそうに尻尾を振った。

「ジョルト、仕事が決まってよかったね」

美紀も手を叩いて喜ぶ。

未来の明るい展望に、美紀とジョルトは顔を見合わせて笑い合った。

終章

事件の後、ジョルトはすぐに警備隊で働き始めた。元々傭兵として手伝いをしていたので、すぐに仲間と馴染めたようだ。

美紀の方は、アニエスに妊娠の報告をし、我が事のように喜んでもらった。

ついでに美紀の種族が人間だということも話してしまうと、アニエスは概《おおむ》ね虎人の里の人々と同じような反応をした。

「耳はともかく、尾がないのはよほどでないと気付かれないからねぇ」

アニエスによれば、人間という種族について聞いたことはあっても、その特徴までは知らない人が多いという。なので自分から名乗らなければ、今後もバレないだろうとのことだった。

そういえば虎人の里でも、美紀が自分から話したのがきっかけだった。それまでは、奇妙な種族だとしか思われていなかったのだ。

それから、ハンナも一度遊びに来た。

彼女とは妊娠が発覚する前に別れたのだが、誰かから聞いたのかお祝いだと言って人形を作ってくれた。

「呪術師の人形は、とても値打ちがあるんだからね！」

ムフッと胸を張っていたハンナだが、ジョルトの毛を織り込んだという虎の人形がリアル過ぎて、美紀は夜に見るのが怖かった。

その後、ハンナはうどんを各種食べてまた旅立っていったが、子供が生まれた頃にまた顔を見に来ると言っていた。

そうして生活が順調に回ると同時に、お腹も大きくなっていく。

美紀は臨月に入ると、お産のために虎人の里へ移動した。万が一人間の赤ん坊が生まれた時に、騒ぎになるのを防ぐためだ。

到着して数日後、いよいよ産気づいた美紀は、医者の老婆の家へと運ばれる。

——痛いとか苦しいとかどうでもいいから、早く産みたい！

そんな風に汗と涙と鼻水ですごい顔になっている美紀が、里の女達に励まされつつ産んだ子供はというと——

「フニャー！」

「ミギャー！」

元気な双子のオスの虎だった。

——やっぱり人間の赤ちゃんじゃなかったか……

生まれた双子は白虎と、片方はなんと黒虎《くろとら》だ。

白毛に黒い模様の白虎はかろうじて虎っぽいが、黒毛に灰色の模様が入っている黒虎は、真っ黒な毛玉にしか見えない。

——人間の赤ちゃんだって、生まれた直後は猿に見えるって聞くものね。

きっと時間が経てば、凛々《りり》しくも可愛い子虎になっていくのだろう。

「こりゃ驚いた、黒毛だ！」

老婆が驚いたのも当然で、虎族に黒毛はいないのだという。生まれたという知らせを聞いて駆けつけたジョルトも、黒毛の我が子を見て固まった。

「黒い虎なんて、俺も聞いたことがない」

そんな大人達の驚きをよそに、双子は元気にフミャフミャと鳴いている。

「なんにせよ、元気そうな赤子達じゃないか」

老婆が美紀と双子の健康診断をして、母子共に問題ないと太鼓判を押す。美紀としても双子にはいっぱい遊んでいっぱい食べていっぱい寝て、のびのびと育ってほしい。

ジョルトは白毛の方をアビィ、黒毛の方をアジィと名付けた。

しばらく虎人の里で過ごして美紀の体調が回復すると、ガルタの街へ戻ることとなった。

「ここがお家だからね〜」

双子をあやしながら玄関前に立つと、家の中で待っている男女がいた。

「ようやく帰ったか！」

「待ちくたびれたわ」

「父さん、母さん！」

なんとジョルトの両親だった。

二人の話を聞いたところ、ずいぶん前に送った結婚報告の手紙が届き、それを読んで息子の嫁の顔をどうしても見たくなったのだという。

思い立ったが吉日とばかりにガルタの街を訪れ、そこで美紀が出産のために虎人の里に滞在していると聞き、帰りを待つことにしたそうだ。

留守の間の掃除を請け負ってくれたアニエスに鍵を預けていたのだが、その鍵で家に入ったらしい。

「無駄に行動的なのは、変わらないな」

ため息を漏らしつつも、ジョルトは久しぶりに両親に会えてうれしそうだ。

孫を抱きたいとうずうずしていた両親だが、片割れが黒毛であることに目を見張る。美紀は二人が黒毛をどう思うかと、少しだけ気にしていたのだが、「白と黒で見分けがつきやすいわね」という義母の言葉で肩の力が抜けた。

この世界では珍しいのはよいことなのだろう。

そして美紀が人間であることを告白すると、義父が少し考え込みながら言った。

「人間が遠い地で保護されているのは、もしやこれが原因かもな」

人間が獣人との間に子をもうけると、新しい色の種族が生まれる。このことで希少種を生み出そうとした者達に、人間が乱獲されたのかもしれない。なにせ獣人に比べてひ弱な人間だ、無茶な扱いを受ければ、すぐに死んでしまったことだろう。

「この黒毛の子は突然変異——周囲にはそう説明しておきなさい」

そう静かに語る義父の横で、義母がアジィを抱き上げる。

「でもあなた、この黒い子の顔の模様、あなたに少し似てません？」

「……そうか？」

義父は鏡を持ってきてその前で白虎の姿になると、横にアジィを並べてしげしげと見比べている。アビィの方は義父の背に上ろうと背伸びし、それに気付いた義母に乗せてもらって、ご満悦な顔をしていた。

美紀はその様子をぼうっと見ながら、日本にいる両親のことを思い出す。

――父さんと母さん、今の私を見たらなんて言うだろう。

美紀は虎人の里にいる間、こっそり川に瓶詰めの手紙を流していた。中身は日本語なので、この世界のどこかに流れ着いたとしても、謎の暗号文でしかない。しかし、もし万が一、世界を越えることができたら、両親に届くのではないかと思って。

すれ違いばかりで、理解し合えなかった家族だけれど、不幸を望んでいたわけではない。

『私は遥か異郷の地で、自分らしく生きられる場所を見つけました。決して不幸ではなく、とても幸せです』

そう綴《つづ》った手紙を読めば、少しは安心してくれるだろうか。

日本での美紀は内面と外面のギャップに苦しみ、夢見た仕事を諦め、信じていた恋人に裏切られた。自分には幸せを掴むなんて無理なのかと、半ば諦めていた。

しかし、幸せなんて本人の勇気一つで手に入る。この世界でそう学んだ。

身一つで放り出され、美紀はやっとその事に気が付いたのだ。

――もっと早くに気が付けば、日本で違う暮らしをしていたのかな。

でもそうなっていたらジョルトと出会えていないし、可愛い双子の子虎を見ることもなかった。

今もし神様に、あの失恋キャンプからやり直せると言われても、美紀はきっとジョルトと出会う人生を選ぶだろう。この異郷の地で巡り会えた、大事なパートナーだから。

——うん、『もし』なんてあり得ないわね。

ぼんやりしている美紀をどう思ったのか、ジョルトが隣に立って肩を叩いた。

「ミキ、せっかくだからウドンを振る舞ったらどうだ？」

「あ、そうね！」

ジョルトのおかげで我に返った美紀は、帰る途中に買った食料からうどんの材料をキッチンに広げ始める。

「まあ、なあにウドンって？」

「ミキの故郷の料理だよ」

ジョルトと義母の会話を聞きながら、うどんを茹《ゆ》でる。暑い今の時期はぶっかけうどんで決まりだろう。

うどんを囲んでの一家団欒《だんらん》は、美紀にとって幸せの光景となった。

美紀がこの世界にやってきてから、十数年が経った。

あの後、美紀は続けざまに子供を産んだ。しかも生まれるのは双子や三つ子ばかりで、現在家族は子だくさんだ。虎族は基本多産で、ジョルトも故郷には大勢の兄弟姉妹がいるらしい。

そして産んだ子供に、人間はいなかった。これだけ産んで全て虎族とは、どれだけ獣人の遺伝子は強いのか。

――人間が絶滅しそうになるわけよねぇ。

唯一美紀の遺伝子が出ているのが、黒毛の子である。割合としては三割程度だが、黒虎が何匹か生まれた。これから彼らは白虎以上の希少種となるのだろう。

美紀が子育てに追われながら過ごしていると、いつの間にやら一番上の双子は成人を迎え、傭兵となって旅立っていった。父のようにあちらこちらを旅して、理想の嫁を探すのだそうだ。

特に黒虎のアジィが、超希少種としてではなく自分自身を見てくれる相手を熱望しており、アビィはそれに付き合っているらしい。

そうして旅立った双子から、本日帰ってくると手紙が来た。美紀はうどんを大量に用意し、二人の久しぶりの帰郷を待つ。

「兄ちゃん達、お嫁さん見つけられたかなぁ？」

「無理よ、二人とも理想が高すぎるもの」

キッチンで美紀を手伝う双子の姉妹が、兄二人を噂する。

「あら、じゃああなた達の理想の夫はどんな人？」

美紀が尋ねると、姉妹は顔を見合わせた。

「それはもちろん」

「父さんみたいな人よ！」

弾ける笑顔で告げる二人に、美紀は苦笑する。

――それもかなり、理想が高いんじゃない？

そのジョルトも仕事に出かけているが、今日は早く帰ってくると言っていた。

「あなた達、そろそろ片付けなさいよー」

「「はーい」」

美紀は居間で遊んでいる子供達におもちゃを仕舞うように言って、自分は洗濯物を取り込みに庭に出る。風になびく大量の洗濯物を籠《かご》に放り込んでいると、通りの向こうから三人の人影が見えた。

「……あ！」

一人は仕事帰りのジョルトで、その両脇にアジィとアビィの姿がある。どうやら途中で一緒になったらしい。

「ミキ！」

「母さーん！」

「ただいまー！」

ジョルトがゆったりと手を振り、双子は飛び跳ねるようにしている。

久しぶりに揃う家族に、美紀の顔がほころんだ。

「ジョルト、アジィ、アビィ、お帰り！」

美紀も三人に大きな声で呼びかけながら、手を振ったのだった。

書き下ろし番外編

白黒双子とハンナ

マッサージ店が休みの、とある日のこと。

「やっほ〜♪　ミキ、元気ぃ？」

美紀は玄関から覚えのある声が聞こえたので行ってみれば、そこにはヒラヒラと手を振るハンナがいた。

「ハンナ⁉　いつガルタに来たの？」

驚く美紀に、ハンナが「つい今だよ、今！」と笑う。

ハンナとは出産前に会ったきりだったので、美紀は素直にうれしい。

そしてハンナがここまで、どのような道をたどってきたのかと言えば。

「途中で虎人の里にも寄ってきちゃったから、まー疲れた疲れた。でもここまで空を飛んで連れてきてもらったから、その分早いし、楽しかったけどね！」

「アレが、楽しい……？」

美紀も経験したあの虎族達の「近道」を、楽しいと言い切れるハンナの神経を若干疑ってしまう。

それにしても、前回会った時には、子どもが生まれたら顔を見に来るとは言っていたけれど、本当に計算したようなタイミングでやってきたのだ。

——いや、本当に計算して来たのかも。

なにせ日本のように交通網が発達していない世界なので、思い立ってから動くと上手い具合に時間が合うなんてことにはならないのだ。

その点ハンナは、虎族の一般的な出産にかかる日数やらなんやらを想定して、ガルタの街を目指したのだろう。ハンナは天然な性格に見えて、そういうあたりは気遣いができる人なのである。その気遣いが暴走して事件を起こすのが、玉にキズだが。

現在の美紀は、双子の子虎達がミルクを飲み溜めできるようになったので、ミルクの回数が減ってちょっと楽になったところだ。その代わりハイハイゴロゴロでの移動がヨチヨチ歩きになり、より目は離せなくなったのだが。

さっきも双子は美紀を追いかけてきて、「ギャウギャウ」と後ろで騒いでいた。

その後、美紀に追い付いて「フギャ～」と一休みしている双子を見たハンナは、耳をピーンとさせた。

「おお、虎人達が言っていた通り、本当に白黒で双子だ！　分かりやすい！」

双子を見ての第一声が「黒虎なんて珍しい」ではなく、「分かりやすい」とは。さんざん黒虎について、色々と言われてきた美紀は肩透かしのような、けれどハンナらしくてホッとするような、そんな気分である。

「お義母様も分かりやすいって言ってくれたのよ、確かにそうね」

美紀はそう言いながら、だいぶ大きくなってしまった子虎達を両腕に抱える。今でもギリギリの重さなので、もうじき抱えることはできなくなるだろう。

「そりゃあそうだって！　分かりやすいっていいことだよぉ？　兎族も一緒に生まれる兄弟姉妹が多いけど、同じ毛並みで生まれると見分けるのはほぼ不可能だからね！」

そう言って「むふん！」と胸を張るハンナに、美紀は「そうかもね」と返しながら、子供の頃に動物園で見た兎を思い出す。

確かに団子になって群れられると、看板に名前が書いてあっても、どれが誰だか分かりはしなかった。

「白毛がアビィ、黒毛がアジィよ。アビィ、アジィ、お客様にご挨拶は？」

美紀は子虎達を紹介しつつそう促《うなが》すと、双子は言葉が分からないなりに「「ギャウ！」」と揃って元気よく鳴く。

それから美紀はハンナをリビングに案内し、お茶を振る舞うことにした。

「街で聞いたよぉ、ミキってばお店が繁盛して、すっかり人気者じゃん？　頑張ってるねぇ♪」

ハンナは喉が渇いていたのか、お茶をグビッと一気飲みしながらそう言う。

美紀は「私が人気者だなんて！」とブンブンと両手を振る。

「お客さん達が元々頑丈な身体の持ち主なだけで、私はその維持を手助けしているだけよ」

そう語る美紀は、マッサージをする自身を褒め称えられることに慣れない。

マッサージは美紀が自ら編み出した技術ではないし、獣人達の元来のポテンシャルが自身の身体を回復させているのであって、美紀個人の力なんて些細なものなのだ。

それにしても、美紀のマッサージ店が評判になると、近所の家が休憩のための喫茶店を始めたりして、ガルタの街の住人はなかなかに抜け目がない。美紀としても全てを自分でしなくてもいいので、助かっていたりもするのだけれど。

それはともあれ。

美紀の話を聞いたハンナは、「それを頑張ってるって言うんだよぉ、ね～？」と双子に話しかけた。双子は分からないながらも、「ギャ」「グァ」と相槌を打っている。

「そんな頑張り屋のミキに、ハイ、お土産《みやげ》♪」

ハンナが、傍らの荷物からゴソゴソと取り出し、床の上に「ジャジャン！」と効果音付きで置いたのは。

――土偶？

「ハンナ、それ、なに？」

美紀はしげしげと、その土偶らしきものを観察する。

ハンナからは以前、白虎のぬいぐるみを貰ったけど、結果あれは呪術の品だった。だからこの土偶も恐らくはその類《たぐい》のものだろう。むしろこちらの方が見た目は呪術っぽい。見ると双子は、その土偶の周りをグルグルしている。双子もこの妙な物体が気になるらしい。

「いいモノだよ！　フフン、ビックリするぞぉ♪」

ハンナは美紀の質問には詳しく答えず、双子の食いつきにご機嫌な様子で大きな耳を揺らしながら、土偶の背中についているスイッチらしきものを「ポチッとな！」と押した。

その次の瞬間。

『悪い子はぁ～、お仕置きじゃあ～！』

土偶からドスの利いた声で、そんな言葉が響いてきた。

「「ミギャ～!?」」

とたんに悲鳴を上げた双子が、跳び上がって逃げ惑う。

「はっはぁ、どうだぁ！」

それを見たハンナが得意そうな笑顔を浮かべる。

「ちょっと、アビィにアジィ、落ち着いて！」

美紀が呼びかけても、双子の耳には入らないようだ。

『ハンナは愉快犯だから、気を付けろ』

ジョルトが事あるごとに言っていた話を思い出し、「なるほどコレか」と美紀は納得した。

とにかく大混乱で走り回る双子を回収して、膝に乗せると、双子は美紀のお腹に鼻先を突っ込んでガフガフ言っている。きっとお腹のあたりが涎《よだれ》まみれになっているだろう。

「ハンナ、これなに？」

美紀が改めて聞くと、ハンナが胸を張った。

「悪戯《いたずら》をした子供を反省させる人形！　こないだ行った地方で、こんな風にして子供を怖がらせる風習があったんで、参考にしてみたの♪」

どうやらナマハゲ的な文化が、この世界のどこかにも存在するようだ。

「そうなんだ、へぇ〜」

——反省以前の大騒ぎが大変そうなんだけど？

そんな言葉をグッと呑み込んで、美紀は、「ありがとう」とお礼を告げる。

「どういたしまして！　また面白いものを作ったら持ってくるからね♪」

「え、あ、そう？」

楽しそうなハンナに「いらない」とは言えない美紀は、曖昧に微笑んだのだった。

怖い思いをした双子だったが、その感情も長くは続かなかったようで、その後はハンナに遊んでもらって満足そうだった。将来、ぬいぐるみと土偶を作ったのがハンナだと知った時、双子がどんな反応をするのか、楽しみだなと美紀は思った。

そして、ハンナからの謎の贈り物が家の一室を占めていき、コレクションのようになるのは、また別の話だった。

新感覚ファンタジー

RB レジーナ文庫

旅はトラブル続き!?

レジーナブックス Regina

精霊術師さまはがんばりたい。

黒辺あゆみ　イラスト：飴シロ

定価：704円（10%税込）

火の国に住む水の精霊術師レイラは、不遇な扱いを受けつつも、精霊ルーナと貧乏生活を送っている。そんなある日、旅のお供の依頼が舞い込む。危険な仕事はお断りだが、お金のために仕方なく了承。しかし立ち寄る村々で水不足問題に直面。それには、どうやら精霊術師が関係していて――!?

詳しくは公式サイトにてご確認ください

https://www.regina-books.com/

携帯サイトはこちらから！

書は、2018年5月当社より単行本として刊行されたものに書き下ろしを加えて
文庫化したものです。

この作品に対する皆様のご意見・ご感想をお待ちしております。

おハガキ・お手紙は以下の宛先にお送りください。

【宛先】

〒150-6008 東京都渋谷区恵比寿4-20-3 恵比寿ｶﾞｰﾃﾞﾝﾌﾟﾚｲｽﾀﾜｰ 8F
(株) アルファポリス　書籍感想係

メールフォームでのご意見・ご感想は右のＱＲコードから、
あるいは以下のワードで検索をかけてください。

アルファポリス　書籍の感想　検索

ご感想はこちらから

レジーナ文庫

異世界《いせかい》で、もふもふライフ始《はじ》めました。

黒辺《くろべ》あゆみ

2021年7月20日初版発行

文庫編集－斧木悠子・篠木歩
編集長－倉持真理
発行者－梶本雄介
発行所－株式会社アルファポリス
〒150-6008 東京都渋谷区恵比寿4-20-3 恵比寿ｶﾞｰﾃﾞﾝﾌﾟﾚｲｽﾀﾜｰ8階
TEL 03-6277-1601（営業）　03-6277-1602（編集）
URL https://www.alphapolis.co.jp/
発売元－株式会社星雲社（共同出版社・流通責任出版社）
〒112-0005 東京都文京区水道1-3-30
TEL 03-3868-3275
装丁・本文イラスト－カトーナオ
装丁デザイン－ansyyqdesign
印刷－中央精版印刷株式会社

価格はカバーに表示されてあります。

落丁乱丁の場合はアルファポリスまでご連絡ください。

送料は小社負担でお取り替えします。


ISBN978-4-434-29105-0 C0193